歳月パラパラ

眉村卓
【TAKU MAYUMURA】

出版芸術社

歳月パラパラ　目次

子（ね）

丑（うし）

寅（とら）

卯（う）

辰（たつ）

巳（み）

午（うま）

未（ひつじ）

子
（ね）

雄弁は金

何だこのタイトル、間違っているんじゃないか――と言われることだろう。

実はこれ、もはやはっきりとは覚えていないが、二〇年か三〇年前に、ある若い男が当然のこととして口にした言葉なのである。「雄弁は金、沈黙は銀」が正しいと言うのだ。心にあることを表現し相手を論破するのは、それができないで黙っているよりも上である――というわけ。

ははあ、そんな考え方もあるか、と、私は思った。

この原稿を書いている今、広辞苑を見ると、「沈黙は金、雄弁は銀」の説明として、(西洋のことわざから) 沈黙の方が雄弁よりも価値がある。黙っているのが最上の分別。とある。まあそういうことだろうが、これにはどこか処世術じみた感じがあるではないか。で、別の辞典を開くと、黙るべきときを知ることは、よどみなく話すことよりも大切だということ――となっていた。似ていると言われればそうだろうが、私にはこっちの方が好ましい気がする。きっと私の頭の中には、大演説をぶつ口先人間と不言実行型の行動人物、ぺらぺら喋る軽薄さと無言で相手を威圧する迫力、といった比較があるのだろう。このことわざは、それだけの深みがあると思うのである。

しかしその若い男には、よく話す者とそうでない者との、単純な優劣を述べた言葉としか考えられなかったのかもしれない。いくら私が自分の意見を述べても、彼は頑としてゆずらなかった。

とまあ、偉そうな書き方をしたけれども、実は私自身、以前は簡単に解釈してきたのが、見聞を重ねるうちにもっと深い意味や内容があったのだと悟った言葉や事柄が、いくつもあるのだ。ははあそういうことだったのかと頭を掻くことが、今でもある。そのぶんだけ賢くなり世の中が面白くなるのは事実ながら、いつになってもこうなのか、もうじき人生も終わりなのに、と、苦笑しているのだ。

禁煙

私はヘビースモーカーだった。若い頃からずっとタバコを喫《す》っていて、何度も禁煙しようとしてうまくいかず、禁煙は不可能だと諦めていたのである。それが（今でははっきりと覚えていないが）七、八年前、ぱったりとタバコをやめることになってしまった。かかりつけの医院に行って「タバコ喫いますか？」と問われ、「はあヘビースモーカーでして」と答えると、「やめたらどうですか？」と来た。痛風が出て以来一〇年以上も通っている医院なのに、どうして今頃尋ねるのだろう、と思い、「なぜですか？」と反問したのだ。医師はこの前撮った私のX線写真を持って来させて壁にとめ、ライトをつけて、言ったのである。

「肺気腫一歩手前ですよ」

本当ならこのくらいのことでは、タバコはやめていなかったはずである。どうせ禁煙は無理と自分に言い聞かせていた。肺ガンになったらおとなしく入院して死のぅ。それでいいのではないか――と考えていたのだ。

しかしそのときは、妻が（肺ガンでではないが）五年ばかり患ってから亡くなって二年そこそこだったろうか、私はかなり落ち込み、反抗心も弱って素直になっていた。のみならずちょうどその頃、知り合いが二人、たてつづけに肺気腫になって死んだばかりであった。その一人は酸素ボンベを積んだ台（？）を曳きながら、「厄介だ」とぼやいたのである。おまけに目の前には私の胸部のX線写真があった。

「はあ、やめます」

私はほとんど反射的に答えた。そして今から思ってもどうも不思議なことに、すんなりとその気になったのであった。

帰途、ポケットに半分残ったタバコの箱があったけれども、その辺のゴミ入れに捨てたりせず持ち帰って、家の屑籠《くずかご》にそっと入れた。いつものところに置いてあった新品の二カートンは、欲しいという人に進呈した。礼儀正しく処分したからタバコの神か禁煙の神か知らないが、私を許してくれたのであろう。それ以来一本も喫わずに現在に至っている。別段喫いたいと思わないのだ。ああ、一休みしたときなどは、ここで一服したらとの気分になるものの、本当に喫ったらひっくり返るに違いないのである。お前の禁煙、いつまでつづくのかね、と笑っていた人も、もう何も言わなくなった。なぜこういうことになったのか、自分でもよくわからない。

思えば、喫い始めた頃にはショートピース、小遣いに不自由してくると光、しんせい、ゴールデンバット、勤めだした時分は贅沢しようと富士などを持ち歩いたりした。そういえばゲルベゾルテに凝った時期もあったなあ。缶入りピースの缶を切った瞬間のシューという音と洩れてくる香りもよかった。だんだんタバコを喫い過ぎるとこたえるようになってきて、一ミリグラムタバコになった。包装が白いと何だか体にもいいような気がして、ケントを愛用した。そんなわけでライターもいろいろ使った。マッチ派からはそんなものと言われながらあれやこれやと買い求め、だが結局は一〇〇円ライターになって……。

——という一切と、お別れになったわけである。

ここでタバコの害についてとやかく述べるつもりはない。あれほどタバコを喫っていたのだから、たくさんの人に迷惑をかけていたのも事実だろう。もっとこのことを考え、しかしながら、という論があることもたしかとしなければなるまい。

ともあれ、この先、タバコや喫煙が非合法とされたり、でないとしても表には出ないものになったりしたら、きっと人間の歴史の中に、タバコが公認であった何百年という時代が残るのは、たしかである。それを何百年か千年か先の人々がどう受けとめるのか、私には興味深い。ま、それまで人類が滅んだりしなければの話であるが……第一、どうせ私自身はとうに居なくなっているはずである。

昔感嘆・今？

あんまりこんなことは書きたくないのだが、若い頃「巧い」とか「凄い」とか思って心に刻み込んだ詩や俳句が（ここで短歌も出すべきなのかもしれないが、私は短歌については、詩や俳句に対してのお粗末な鑑賞力よりもさらに、読解力がないと思っている）ここ一〇年位のうちに、どうも大したことないのではないか、と感じるようになってきた。いやもちろん今でも「いいなあ」と感心するのもあるので、全部が全部とは言えない。だが、なぜこういうのにイカれてしまったのかと不思議になることが、少なくないのだ。いやいやここでその具体例を挙げるつもりはない。その作品や作者に対して失礼だからである。

——と白状すると、何だか、耳の傍に唇が現れて、

「またまた、若かった頃の感性が劣化したなあ」

と言いそうな気がする。劣化でなければ欠落とか摩耗とかであろうか。その唇はきっと若年の、創作欲に燃え気負いに満ちていた時分の、私自身の唇なのだ。

しかし、こちらにも言い分があるのは事実である。当時はおのれの思い込みや勝手に作った基準やそして世評などに影響も受けて、「巧いなあ」「凄いなあ」と頭を下げたのであるが、その後年月と体験を経て、首をかしげるようになった、ということだ。現在の自分から見ると（あ、私が越えているというつもりは毛頭ない）感心した私も若かったけれども、その作者にだって年相応と言うべき限界があるのを、感じるからである。老いてくるというのは、老いぼれるのと同時に、老いなければわからぬ何かを持ちはじめるということなのだ。

だが、ま、客観的にはこんな話は、アハハかもしれない。モーロクのやぶにらみのトンチン感覚（？）で片づけられても仕方がないのであるが……実感なのである。

地球の英雄

どこにいるのか、よくわからない。

ローマの遺跡などで見るような、石の（多分石なのだろうと思う）立像が並んでいるのだ。

私は案内人らしいのについて、順番に立像を見てゆく。

「これは××××だ」

と、案内人らしいのは言っていた。××××というのは、私にはちゃんと聞き取れなかったのである。

「……」

私は首をかしげた。

「○○○○の再復で人類を救った人物だ。もちろん知っているだろう」

と、案内人。

〇〇〇の再復というのが何のことやら、私にはわからない。

「仕方がないな。次はこれ」

案内人は次の立像の前へと移動する。「△△△△における抵抗で、四八〇〇〇の仲間と共に＊＊＊を守り抜き全員戦死したときのリーダー、◎◎◎である」

「……」

私は知らなかった。

「……」

案内人は腰に手を当てて、私を見た。それから口を開いた。

「本当に何も知らないのだな。これだけ人類の英雄の像があるのに、お前は何も知らない。人類が文明らしいものを持ってから滅亡するまでの、偉大な人物たちのことを、お前は何も知らないのか」

「……」

「人類の歴史について、学んだことはないのか？」

「ないわけではない」

私は答える。「ホモ・サピエンスの登場とかギリシャ・ローマとか、世界大戦とか、いろいろ学んだ」

「お前が見てきた立像の中には、そうした時代の人物もいる。真に偉大な英雄もいる。なのに、知らなかったではないか」

「……」

「お前たちが学んだ歴史とは何だ？　歴史の名に値しないのではないか？」

言ううちに、案内人の背は高くなり、頭は小さくなり、目が大きくなり、皮膚の色は黒ずんでいくのであった。人類が滅んだ後の時代へと私を連れて来た遠い未来の知性体なのであった。

そこで目が覚めたのだが、自分が何も知らないらしいという感覚は、目がさめてからも暫《しばら》く残っていたのである。

まあもう少し

目が覚めて起き上がるまで、いやそれからも大分長い間、もう自分は駄目なのではないかな、おしまいなのだ、おしまいと覚悟しよう、思えば自分は、大した仕事もしてこなかったな、これ以上生きていたって、やっぱりどうにもならないのではないか、と落ち込んでいる。
——ということが、しばしばある。若い頃にもときどきそうなる傾向があったものの、近年はそれが増えた。
そんなもの、老年のうつだよ、ちっとも珍しくない、と言われるに違いない。きっとそうなのだろう。(もっとも、老年のうつなんて、何でもかんでもそうだと決めつけ過ぎだ、との意見もあるようだが、ま、どうでもいい)
しかし大抵の場合、それからコーヒーを飲むか何か食べるかすると、今迄が嘘のように楽観的になるのが常だ。これも昔からそうであった。人にこのことを話すと、そうだそうだというものが多いから、人間、元来そうしたものなのであろう。弱気になり落ち込むのは、起きてしばらくは、体力も気力も整っていないからだ、と考えれば納得がいく。その意味では「腹が減ってはいくさはできぬ」ということわざ、元来はそのものずばりだったのであるまいか。と、これは脱線。

ま、そのつもりで生きてきたけれども、昨年大病をして、今回は手術中に死んでそのままになるかもしれない、というのを経験すると、ちょっと様相が変わってきた。以来、死があっち側ではなく足元で待っているような感覚ができてしまって、コーヒーを飲んでも何か食べても、落ち込みからの立ち直りがなかなかできない。これではへたをすると半日とかまる一日、ぼんやりと考え込んでしまうのだ。で、首をひねった末私は、対策を考え出したのである。自分自身に、まあもう少しだ、もう少しだ、と呟くことにした。

まあもう少し。

もう少し。

くたばるのならそれで仕方がないが、その前にあと少しだけ時間を呉れ、と、なだめるというか訴えるのである。

そのもう少しの間に、しなければならぬ、したいことをやってしまおう、というわけ。

これ、何だか、サッカーのロスタイムに似ている。

すると、元気を出して立ちあがって、きょうしなければならないことにとりかかる気になる。

まあもう少し。

もう少し。

丑
（うし）

日暮れ

そろそろ日暮れである。空間それ自体が青くなりつつあった。

今夜食べるものを仕入れるために、私は地下鉄の駅に向かっていた。地下鉄で二駅乗ればターミナルなのだ。

幾つ目かの角を曲がって、もうじき地下鉄の駅という小さな四つ辻にさしかかったとき、自転車がやって来て、電柱のところで止まった。大分暗くなりかけているのに、無灯の自転車である。乗っているのは青年のようなのだ。たしかに青年だ、と、近づいて行きながら私は見て取った。その青年は自転車を片手で支えながら、もう一方の手に本を持って……読んでいるらしいのであった。あちこちに外灯はあるものの、このあたりにはなく、とても本など読める状況ではない。

しかし青年は読み耽《ふけ》っている。横を通り過ぎる私には、そうとしか思えなかった。十数歩行ったところで振り返ると、まだ読んでいる様子だ。刻一刻と濃くなるたそがれの中で、である。私はすぐに向き直って、地下鉄の駅へと歩行を再開した。地下鉄に乗ってターミナルに行ったのだ。

あの青年はひょっとしたら、暗がりの中でもそんなことができる視力を持った人間なのかもしれない。超能力者なのかもしれない。

逢魔《おうま》が時《どき》という言葉がある。私が調べた辞書には、夕方の薄暗いとき、たそがれどきとの説明につづけて、災いが起こる時刻の意の、大禍時《おおまがどき》の転、とあった。ま、そういうことなのであろう。でもあのときの私にとっては、魔物に逢う逢魔が時にほかならなかったと思う。あのとき、振り返った私に向かって、その青年が不意に本から目を上げてこっちを見、歯を剥いて笑ったなら、きっと私は悲鳴をあげていたに違いないのだ。

目玉カレー

先日、何年も前に辞めた大学に、用があって行った。辞めたのは定年になったからで、それでもまだ四年か五年、非常勤ということで置いてくれた。その非常勤もおしまいになって数年、なのである。

用自体は、大したことではなかった。白状すると私の本来の目的は、元居た学校まで歩くことと、食堂でカレーを食べることだったのだ。

近鉄電車の駅から学校まで、約三キロである。健脚の人には何でもない距離だろうが、まだ病み上がりから抜け切れていない老人には、体力回復訓練のためのちょっとしたコースである。そして往復徒歩はきついから、歩くのは行きだけにし、帰りはスクールバスに乗るつもりだった。

駅と学校の間の道は、結構田畑が残っていて、私のように町中に住んでいる者には心が安らぐ。といっても歩道のない部分がかなりあるから、車に気をつけなければならない。

さて。

カレーである。

カレーなんて、食事ができる店なら、まあ例外なしにどこでもあるだろう。ことに学生の来る食堂なんて、カレー抜きはないはずだ。実際私自身、高校の食堂以来、やたらにカレーを食っていた。学校の食堂のカレーの味というのは、私の経験ではどこも似たり寄ったりである。その日目指した食堂のカレーも同様であった。にもかかわらずそこへ行きたかったのは、学校にいくつかある食堂のうちそのHという店が、学生食堂というより喫茶店の趣があって、よく人とお喋りもして、懐かしかったためだが、同時に、そのHのカレーには目玉焼きが（ただし一個）載っており、名称も「目玉カレー」となっていて、もう一度食べたかったせいである。

カレーに目玉焼きが載っているなんて、ちっとも珍しくないだろう。

またそれを「目玉カレー」と呼ぶのも、当たり前みたいな話だ。

私はその大学に教えに行くようになってから、昼には大抵「目玉カレー」を食っていた。カレーが手軽で、慣れていたからである。しかしある日、そのHに入って行くと、

「あ、先生、この間テレビに出てたね？」

と店の女性の一人に声を掛けられた。

「あ。はあ」

私は答えた。たしかにその何日か前に、私はテレビ番組に顔を出したのである。

「やっぱりそうやんか！」

別の女性が言った。「あ、あれ、目玉カレーの人やんか、て、みんなで言うてたんやで」

私は肩をすくめた。

しょっちゅう食べているからといって、目玉カレーの人とは、ひどい。

が、それ以後、店の人たちは私のことを（その後名前も覚えてくれたが）目玉カレーの人にしてしまったようである。テーブルに就くと、「きょうも目玉カレー？」と問いかけられることがしばしば、になったのだ。そこでつい、「目玉カレーと、それからアイスレモンティー」などと返事をするのであった。

その目玉カレーを、久し振りに食べるのである。

だが、階段を下ってHの前に来たとき、私は立ちすくんだ。

ドアの奥は暗く、張り紙がされていた。

「Hは×月末を以て閉店しました」

と、あるではないか。

閉店。

店仕舞い。

学校の中の店なんて、自分が居なくなった後もずっとやっている——という感覚を持っていた私には信じられなかったけれども……それが現実なのであった。

もう、Hはない。

あの従業員たちも居ない。

そして、もはやここの目玉カレーは食べられないのだ。

格別美味だったわけでもない。

どこにでもあるような、目玉焼きの載ったカレーに過ぎない。

しかし、この学校にずっと来ていた「目玉カレー」の人の私は、喪失感に包まれたのだ。

これでもうこれから学校に来ることもなくなるのではあるまいか。

帰途。

他の食堂で食事をする気もなく、空腹のまま、私はスクールバスに揺られていた。もう食べられないと思うと、Hの目玉カレーは独特のうまさを持っていたような、偽の記憶が起き上がってくるのであった。

理系とか文系とか

この年になってから考えても仕方がないのだが、ときどき、自分は理系に進むほうが合っていたのかな、と思ったりする。子供の頃、たしかに小川未明《おがわみめい》やアンデルセンといった作家のお話は好きであった。しかしそれ以上に自然科学の入門書が楽しかったのだ。『天体と宇宙』という本の中にあった、土星の比重は水よりも小さいから、かりに地球の海に持ってくると浮かぶ——との説明に、その場面を想像したり（土星の直径は地球の一〇倍もあるのだし、地球の海の一番深いところでもせいぜい一〇〇〇〇メートルなのを考えると、そんなことを想像するだけどうかしている）物質がその物質らしさを保つ最小単位は原子で、固体の場合は自分の位置から離れず、ぶるぶる震えており、原子は陽子と電子と中性子の組み合わせでできている、と読むと、いつの日にか、その原子の様子を凄い顕微鏡か何かで観察する時代が来るのだろう、と、胸をときめかせたりした。(不確定性原理なんて、その時分の子供向けの本にはまだ記載されていなかったのではあるまいか) そうした事柄はまことに新鮮であり、かつ、普通の大人はどうやらあまり知らないらしい、と思うと、うれしかったのである。ささやかなエリート意識といってもいいかもしれない。そういえば私は一度学校に『地球の解剖』という本を持って行き、貸せ貸せと言う同級生に貸したことがある。地球の構造や地質についての本なのだ。何日かしてそいつは私に本を返してくれた。表紙をちらりと見た別の同級生が、

「何やそれ。『地球の解剖』て」

と尋ねると、そいつは威張って答えたのである。

「凄いぞ、これ。地球をさーっと切って解剖しよるんや」

今から思えばそれは、そいつのジョークだったのかもしれない。しかし私は、そいつが本を借りたもののいささか難解だったので(実際、そういう事柄に興味のない人間には面白くも何ともなかったのではあるまいか) 結局読もうとせず、読んだふりをしているのだと判断したのだ。つまらん奴だ。自分が読めなかったのをごまかしている、と私は判断したのである。蛇足ながら私には、状況によっては融通のきかない頭の固さがある、と、言われるが、この頃からすでにそうだったのかもしれない。

——などと述べてくると、やっぱりあんた理系なんだよ、SFなんか書いているんだし、と言わ

れそうである。そういえば小学校（当時は国民学校）を出るときの記念誌か何かの、将来何をしたいかとのアンケートに対して私は、自然科学を探究したい、としるしたのだ。なぜそんなことを覚えているかというと、実は天文台で働くようになりたかったのを、その通り書くとみんなに冷やかされ、そうかあ天文台ねーと言われかねないので、そういう少しぼかした表現にしたのだが、私の影響で天文趣味を持つようになったクラスメートが、もろに、天文台長になりたいと書き、後で、お前はどうしてあんな書き方をしたんだ、と私を責めたので……いまだに忘れていないのである。

こういう当時の私の指向は、自然や自然科学の驚異への憧れの表れであり、いわゆるセンス・オブ・ワンダーへの傾倒に過ぎなかったとの見方もできる。でも世の人々を見ていると、それでちゃんとした自然科学の探究者になった人は、少なくないようで、私もその一人だったかもしれない。

残念ながらその可能性は、私自身の怠惰によって、うたかたと化してしまった。中学校に入ってからの私は、勉強の手を抜き、白状するが、ことに英語と数学は、最小の努力で最大の効果を上げようとしたのだ。マンガを描いて投稿することに熱中したからである。大体が本気で勉強したってそれほどの成果は上がらないのだから、無謀であった。ために、その後ほんの少しは取り返そうと努めたものの、追っつかなかった。いまだに外国語は苦手であり、数式を扱うとなるとその覚悟をしなければならない。で、他の科目も大したことない中にあって、この二教科はことに成績よろしくなく、高校に行っても同様で、(英語は嫌でもやらなければならないが) 数式がついて回る理系科目には縁遠くなって、文系への道を進んだのだ。いや、文系といっても、大学は経済学部の、経営学科に属するコースへ、である。ついでに言うと、大学には自然科学と人文科学と、それに社会科学系統があって、経済学は社会科学系統とされる。私が私なりに勝手に感じてきたところでは、何だか人文科学系の人は自然科学に思いを寄せている印象があり、自然科学畑の人は人文科学の価値を認めているらしいのに、社会科学系の人間は浮いている、というか、あれは別だといいたげな扱いをされているみたいなのだ。非社会科学系人間の口の悪いのに言わせると、「あんな連中、政治法律経済人間だよ。自分では何もかもわかっているつもりで、実は何もわかっていないんだ」となる。

私自身の意識としては、そちらに進めなかったとはいえ、過去の、自然科学探究への憧れはいまだに残っている。おのれの好きな分野に打ち込んでいる科学者や技術者を羨ましいなと思うのだ。文芸についてはどうもそんな気はしない。文芸まがいのことをしていて、である。そして、社会科学とか経験とかから来た感覚でものを書いているのだから、どこか違うということになるのであろう。

でも、ま、書けるうちは好きなように書いていくしかあるまい。

諦めのアイデア

アイデアメモというものを持ち歩き、よさそうな案が浮かぶと、記入するのである。しかしそのアイデアのキーワードとか断片とかをしるすだけでは、後になってどういうものか思い出せないことが少なくない。できるなら、詳しく書くほうがいいのだ。

こんな調子で――

妻が大分前になくなり、子供もよそで暮らしているから、ひとり暮らし。ある晩ふと気がつくと、本棚の横に男が立っていて、本を読んでいる。背を向けているので、顔はわからない。私が立ちすくんで、それからやっと声をかけようとすると、男は消えてしまった。またある晩、テレビを見ていてＣＭでトイレに行き、戻って来ると、私がすわっていたのとは違う椅子にまた男が居て、テレビを見ている。そいつの顔は私にそっくりで……。そして何日後かのある晩——

それからまた。

机の上に載っていた鍵。握って鍵穴に挿し込むと勝手に変形して入り、錠が開く。ディンプルになったり昔風の形になったりで、どんな錠にも合うのだ。魔法の鍵らしいのである。不思議な、というか、意地の悪いことにというか、こっちがみつめているときには形は変わらない。鍵穴に挿し込んだ瞬間に変形するらしいのであった。と、そういう鍵が手に入ったのだが、どう活用していいか考えつかない。だがやっと思いついたのは——

あるいは。

どこかの道を歩いていると、二、三人につかまり車に乗せられて、目隠しをされ、何やらブーンと機械が唸っているところに連れていかれた。そこで椅子に掛けさせられ、ヘルメットをかぶせられ、意識が遠くなった。我に返ると初めの道で、それ以後ずっと、何をしたのか不明ながら、奇妙に後ろめたい。これでは申し訳ない、何とか償わなければ、という気持ちのとりこになるが、さて——。

ま、同じ目に遭ったらしい自分のような人物が増えてきた、ということにしてもいいのであるが……。

けれどもここに書いたアイデア、どうお話に作ればいいか、まとまらないのだ。今のところ、どうにもならない。といって頭から離れないのは困るので、こうして書いてみた。書いて発表してしまえば、いつ誰に書かれても文句は言えない。自分自身で諦めをつけるために、こうしてとりあえず三つばかり並べたのである。

しかしこの程度の着想、とうに誰かが物語にしているかもしれない。

電車乗り

独りで好きなように電車に乗っていると楽しいというのは、自分が何もしなくても窓の外の景色が変わり、初めと別の場所に運んでくれるから、だろうと思う。本来なら乗物など使わずに、自分の足でどこへでも行けばいいのだ。思い返せば何年か前まではそうであった。というのが言い過ぎなら、そのほうが「主」で、電車乗りは時間と体力に余裕がないときの、「従」だったのである。だが近年の病気ですっかり体力がなくなり、かつ、遠歩きするといっても適当なコースがそうたくさんあるわけではなく、漸《ようや》く飽きてきた気味もあるので……。現在では電車乗りの比率のほうがずっと高くなってきた。

いや、この件については、これまでに何度か書いたはずで、またかと顔をしかめる方にはお詫びする。

今回はその電車乗りの、通過待ちについてなのだ。

ちゃんとした比較データがあるわけではないが、いわゆる鈍行の、特急とか急行とかに対しての差のつけられ方は、経営事業体や路線によって、結構違うようである。自分の電車が停まっている間に、後のが二つも三つも通過していったり、停車のたびに次に来たのが先発になったり、というのは、暇でアイデアを何とかして拾おうとしているときならともかく、大抵は、また抜かれたなあ、との脱力感を呼ぶのだ。若い頃には何となく、自分が特急や急行に乗っている側の感覚があったけれども、今では（おのれの人生もそんなに華々しいものではなかったなあとの諦めと共に）鈍行のほうに共感する傾向があるらしい。

いや。

書こうとしているのは、その「追い抜かれ」のうちでも、こっちが停まっているときにゴウゴーゴオと後の電車が通過してゆくのではなく、こっちが先着・停車、後から来たのがやはり停車はするものの先発する——という場合のことだ。

自分の行く先が、その後着・先発の特急なり急行なりが停まる駅なら、そっちに乗り換えればいいが、鈍行しか停まらない駅では、待つより仕方がない。シートにすわったまま（そういう鈍行は空席があるのが普通だ）人々が出て行ったり乗ってきたりするのを、眺めているのである。

実は先日、そうしてすわっていながら、短い話を思いついた。

その主人公には、いくら頑張っても追いつけない相手がいる。彼は相手をライバルと考えているのだ。その彼が、鈍行に乗って停車した駅で、後着・先発の電車にライバルが乗っているのを見たら……。

こっちから声を掛けに行く気などはない。黙って眺めているだけだ。

そして、こういうことがしょっちゅうあるとしたら、というのが、アイデアである。何をやっても自分が及ばない相手が、自分が停車中の鈍行に乗っていると、後から来て先に出る電車にいるのが見える……。ひょっとするとこっちの思い込み、錯覚かもしれないけれども、そういうことがたびたびある……。

いらいらするだろうなあ。

やはりあいつと自分の差は、こういうことでも見せつけられるわけか、それが自分の運命なのか、と、恨みたくなるのではあるまいか。

だがこれだけでは、設定に過ぎない。もう一歩進めることはできないだろうか。

だったら、そういうくやしい思いをしている人物に対抗心を抱き、抱きつつもまだ対抗できるような状態ではない――という、いわばAに対するB、Bに対するC、という図式を考えてみたらどうだろう。そして、Cは今、Bの部下として一緒に鈍行に乗っている。鈍行が停車しているところへあとから急行が到着し、先に出て行く。するとBが低い声で言うのだ。「ああ、またあいつがあそこに乗っていた。あいつには終生、おれは追いつけないのだろうな」。それを聞いてしまったCは、自分が目標としているBにそういう相手がいるのか、と、雲のまた上を見た気分になる。するとBは、淋しそうに呟くのだ。「所詮あいつにとって俺は、ライバルとか競争の相手とかではなく、その他大勢のひとりに過ぎないのだな」と。Cは自分が、そのBにとってその他大勢のひとりに過ぎないのを悟る――というわけで……。

待て。

書いてしまったけれども、どうももたもたした話である。よっぽど要領よく書かないと話の筋書きそのものさえ理解してもらえないのではないか。それに、いくら要領良く書いたとしても、Bが、Cに聞かれるようなかたちでそんなことを言葉にするだろうか。そんな状況はありそうもないだろう。

長々と書いたけれども、やっぱりこれ、使い物にならない。駄目だ。もうちょっといいアイデアをつかまなければ。

でも、ま、この話、電車乗りをやっていて頭の中に浮かんできたのである。使い物にならないとしても、電車乗りはいいことなのだ。

寅

（とら）

優先席

電車やバスに「優先席」あるいはそれに類した表示の席がある。ハンディキャップを持った人、弱者のための席で、そういう人が来たら立って譲ろう——というわけだ。（こんなこと、わざわざ書かなくてもわかっとるわい、と言われるだろうな）

大分前の、私がまだ若かった頃、白髪になった先輩が語った。

「この間なあ、電車で席を譲られた。初体験だった。ショックだったよ」

「で、すわったんですか？」

私たちは尋ねた。

「いや、礼だけ言って、逃げたよ。別の車両に行ったんだ」

というのが返事。

私たちは、アハハと笑ったのだ。

しかし今になってみると、笑ったのは単純で何も考えていなかったのだ、と思う。自分自身が現在の、席を譲られてもおかしくない老人になると、これはなかなか複雑な問題なのだ。

先輩がショックだったと言ったのは、おのれもとうとうそんな年齢・風貌になったのかと悟ったからであろう。そしてそういうことが多くなり自分もますます弱ってくれば、そのうち素直に感謝して、すわらせてもらうようになるのではないか。（以前は私は、そうしてすわったら、譲ってくれた人に礼を述べ会話のひとつでもしなければならないだろうな、とか、自分と相手以外の他の乗客がちらちらとこっちの様子を見たりするだろう、とか考えたものであるが、それはどうやら自意識過剰人間の憶測で、第三者として眺めていてもそんなことは起きないのが普通のようである。それとも、実際にはやはりそうなのだろうか？）

だが、年を取ってしまった私をも含めて、なかなかその境地までいかない老人が多いようである。あ、いや、訂正。老人、ではなく、老いた男、と言うべきなのだ。私の知見に限らせてもらうと、女性は席を譲られて辞退することは滅多にないようなのだ。なぜそうなのかについては、いろんな推測・想像・決めつけ・解釈が可能なのだが、それをここでやっていると、長々としるすことになるであろう。だから……女性の場合はここでは述べない。――ともかく、席を譲られても素直に受けない老いた男が、たくさん居る。

譲ったほうにしてみれば、折角譲ったのにと腹が立つであろう。申し訳のないことである。

でも言うが、辞退するほうにも、それぞれ事情があるのだ。

一度すわってしまうと、降りるとき立つのに苦労する人。

もうすぐ降りる人。

ときには、車内に自分よりももっとすわりたいであろう状態の人がいたり。

などというのは、辞退して当然だろう。

けれども、そのどれでもなく、意地で、立ったままにする、という人が、ちょいちょい存在するのである。自分はすわらなければならないような、よたよたではない……立って震動に耐えることで体を鍛える……おのれの恰好の良いスタイルをもっとみんなに見てもらいたい……いや他にもあるはずだ。老いた男がつむじ曲がりなのは、珍しくないのである。私自身、あっちこっち空席だらけなのに、あえて立っていたりすることがあるのを、否定しない。理由？それが理由らしい理由はないのだ。ただの突っ張りの真似事かもしれない。しかもそれがちゃんとした信念にもとづく行為ではない証拠に、車内に知り合いがいたりすると、

「やあやあ。お久し振り」

「きょうはどちらへ？」

などといいながら並んですわり、お喋りを始めるのである。

全く、年を取るというのは、嫌なものだ。

優先席などということを持ち出すと、かくもベたべたと無用の事柄を書きつらねるのは、やはり私の内部にこうしたことについてのこだわりが、年齢と共に変質しつつ残っているからに違いない。

そういえば近頃、若い元気そうな人が、当たり前のように優先席を占領している（前からずっとそうだったと言うなかれ。先があるのです）と思ったら、後から歩行に不自由そうな人や妊婦や老人などが乗って来ると、ごく自然に席を空けて離れたところに行く――という光景を、しばしば目撃するようになった。大仰に、譲ったり礼を述べたりというようなことは抜きに、だ。さりげないのがいいのである。妙なこだわりを抱きつづけるのは古い古い人間なのだ、と、変に得心するのである。

「しまい込み」の結果

学校を出てすぐに就職先の工場に赴任し、工場勤務をしていた頃の話だから、半世紀以上も前のことである。

経理係のSさんは、職掌柄か、締まり屋だった。事務所の貯蔵品もなかなか出してくれない。しかし夏のある日、ちょっとした祝いがあって、しまってあるビールを冷やして飲もうということになり……ビールを運ぶためにわれわれ若い者も後について、倉庫に入った。Sさんはビール瓶を一本抜き出したが、首をかしげている。逆さにすると、瓶の中をおりが降下するのであった。

「Sさん、それ、一体いつのビールですか？」

われわれは呆れて尋ねた。

「いや……もらってからまだ二年だから、大丈夫と思ったんだがなあ」

Ｓさんらしい、と、われわれ独身寮の連中は、言い合ったものだ。まあ考えてみれば、おりが降下するのを見ていなかったら、皆で冷やして飲みにかかり、ゲエエということになっていたに違いない。

こんなことを今になってなぜ書くのかと言えば、昨今、自分でもうんざりするほど、「しまい込み」の結果を見ることが多くなっているからである。

使おうとしたら懐中電灯の乾電池が全部アウトになっていた。大型の非常用からミニポケットライトまで全部、そうなのである。電池のみならず内部構造までやられているのもあった。これはカセットレコーダーも同様だ。ＩＣレコーダーでは間違って消してしまうからと、カセットレコーダーを大切に本棚の奥に入れてあったのがいけない。古い衣類や接着剤や薬品類などなど……けちけちしていた報いで、使い物にならなくなっている。

どうやら私も昔の人間として、Ｓさんの同類になってしまっているらしい。新しい型が出たらどんどん買い換えるなんて、出費や新型に慣れる迄の手間や、それに気持ちの上でも、無理なのだ。仕方がないのだ。

日記帳と手帳

今年も、日記帳を買う季節がやってきた。「日記買う」というのは、ちゃんとした季語なのである。もちろん冬の季語だ。でも日付に関係のない自由日記とか、年度を基準にした四月一日からの日記などは、冬でなくても買うだろうから、季語というのはむずかしい。まあ現代のように花や果物でも季節にお構いなく出回る時代では、季語と季感の関係なんてややこしくなる一方なのだが……。

その日記帳、私の場合はDIARYと表記された横書きの、見開き一週間タイプだ。一日あたり六行。毎年同じ型を買う。

もともと、日記なんて苦手で、続いたためしがなかった。毎日「克明にこまごま」書いているという人の話を聞くと、感心する一方で、よほど欲求不満か、でなければ暇なのだろうな、と、内心で悪態をついたものである。

なのに自分でも日記をつけるようになったのは、仕事がらみで、そうならざるを得なかったからだ。あの作品、何枚位？　とか、あれは何年前に書いたのかね、とか問われて、わからないのでは、こっちも具合が悪い。昔からあんたグラフとか統計が好きなんだなあ、と冷やかされており、そして、気まぐれのやりたい事柄しかそんなことはしないものの、作成するのが面白いのは事実であり……大体が、自分のしたことなんて自分で記録しなければ誰もやってくれないし……もしも（かりに、である）かりに自分の名が後世に残るのなら、そういう記録があるほうが、研究者の参考になるだろうとの、厚かましい考えもあって、それならせめて、書いたもののタイトルと枚数位はしるすことにしようと、それまでは年頭の何日かしか記入しなかった自由日記に代えて記入スペースの少ない当用日記に記録することに決めたのであった。

で、まずは、作品を書き上げるたびにデータをしるしていたのだが、何か行事があったりどこかに旅行して泊まったりすると、それも記録するようになった。

さらに、年を取って持病というべきものができてくると、医院と薬の服用記録も加わる。医者に報告するために、何を食べたかどの位寝たか——も、書くようになった。

そんなわけで、初めのうちは年末が近づくと良さそうなダイアリを探して買っていたけれども、毎年形式が決まっている方が記入も楽なので、同じ発行所のダイアリをつづけることになり……気がつくと、日記付け人間になっていたのである。初めのうちのかなり恣意的で空白の多いのから数えると、自分でもびっくりするが、五〇年を超えてしまった。

だが言っておくと、それは私的業務記録（?）みたいなものだから、記入されているのはほとんど事項の羅列で、私自身の個人的感想や評価などというものは、ないに等しい。そして、だからこそこんなに長くつづいているのだと思う。毎日毎日、感想意見をしるしていては疲れるし、ときにはエエカッコシィや奥歯にものが挟まった表現や嘘がまじってくるのは必定だろう。

ああ。

私は、日記帳のことを書くつもりで、それがDIARYであり、私個人の所見や主観はないに等しいと述べた。しかしそういうことなら、日記帳ではなく、常時ポケットにいれている手帳も同類なのである。手帳の表紙にはちゃんとdiaryとあることだし……（これは小文字）。

この手帳のほうは、忘れてはならない事柄や自用文房具の型式やら、いろいろ書きこんであるけれども、主たる使用目的は金を何のためにいくら払ったかの記録用である。帰宅して記入するのでは忘れるし、不正確になるから、そのつど道の端に寄ってでも記入するのだ。項目と金額ごとに／で仕切り、帰宅したら//で仕切る。これをつけておかないと、確定申告のさいにお手上げなのである。そこに記入したものを見れば、帰宅しての日記帳DIARYへの記入もできるのだ。

と……DIARY 及び diary について、くどくどと書いてきた。

自分で書いておいて、くどくどはないだろう——と言われるのではあるまいか。

くどくど、でいいのだ。

実は、DIARY にしろ diary にしろ、ときどき、開くときに、そこにびっしりと文字や数字が並んでいるのを見て、それらはまぎれもなく自分自身の手で記入したのだと思うと、よくこんなに丹念に書いたものだと……自分でも自分が馬鹿げて思えるのだ。瑣末《さまつ》な個人的な、私という人間の営為であるが……この営為は一体何なのだろう、空しいだけのものではあるまいか——と、唇の端を歪めて自嘲したくなるのである。ま、私の存在自体が、そのようなものかもしれないが……。

母校

何とかいいアイデアをつかみたい、となると、あちこち歩き回ったり、電車に乗ったりする。少なくとも私の場合、家で机に向かって呻吟するよりも、そのほうが有効だからだ。しかし出掛けたからといって、必ずしもうまくいくとは限らない。

この八月末、ふらふらと出たついでに、昔通った大学に行く気になった。考えてみれば、小学校ならぬ国民学校からはじまって（自分では覚えてないが、親の話では幼稚園は何日かで行かなくなったそうである）中学、高校、大学のうち、私が通っていた校舎が残っているところは、大学の教養部だけなのだ。それも、一回生のときは南分校で、そこは後に公団住宅になり、今では取り壊されてしまったから、二回生になってからの北分校の建物だけ、ということになる。こちらは学部に入ってからも何かというと行ったものだから、ま、三年間のおなじみだったわけだ。

阪急の石橋駅から歩いて、坂を登る。実を言うと、取材を受けるということで数年前にも来て、随分変わったなあと思ったが（何しろ卒業したのは一九五七年なのである）急いでいたので、ゆっくり眺めて感慨にふける時間などなかったのだ。しかしこうして坂を登っていると、覚えている部分のほうがずっと少ない。

でも、ま、そうした変貌を書きつらねても、関係のない人には退屈至極であろう。というより私自身が、いろいろと妙なことを考えはじめたのである。

右手に見える池は、私の通学時から数えて六〇年ほどになるが、その間、誰もここで溺死しなかったのであろうか。

今となってみると、ま、母校には相違ないけれども、ここに通っていたのは、ほんのいっときに過ぎなかった気がする。そんないっときが私の中にどう刷り込まれているのであろうか。刷り込まれているといえば、この道を上り下りした人間は、のべ何人くらいになるのだろう。そうした人々の残存思念が、ここに積み重なっているのだろうか。そして、もしもそういうことがあるとしたら、五〇年先か、一〇〇年か知らないがこの一帯が改造されるとき、どこへ飛び散ってゆくのだろう。それとも残存思念なんて、五年も保たないのか？　保たないとしたら、通っていた人間にとって母校ってなんだ？

気がつくと私は坂を登り切り、以前は北分校だった建物の前にきていた。何かの記念館になっているのである。そしてそこから坂を見るとさまざまな棟が林立しているのであった。半分は思い出の地、半分は異郷であった。

学内を通って、入ったのとは反対側の前にはなかった出入り口へと……ほとんど彷徨《ほうこう》である。いいアイデアは得られなかった。歩き回ったぶん、体には良かっただろうが……。

店閉じ人

地下鉄の階段を上がって行ってひょいと見ると、ときどきカジュアルシャツとかネクタイを買った店が、シャッターを下ろしていた。のみならず、シャッターには張り紙もある。読むと、先月末に閉店したらしい。開店時から知っているが、十数年つづいていた店なのである。

この店もか、と私は思った。

ここ何年か、知り合いの店が次から次へとおしまいになる。中には、そこそこ客がきているのではないかとの印象を受けた店もある。

以前私は、ずっと昔からよく前を通り買い物もした果物店が閉店した時のことを書いた。そこは店主が高齢になって商売がきついから、との挨拶文が出ていたのだ。そこの店主とまではいかないにしても、私自身が高齢の身なので、他にも同様の理由で店じまいをしたところもあり、そういう時期にさしかかっているのだな、と頷いたのだ。そして、自分がそんな年になってきたのとは別に、今の時代、店や業種そのものの栄枯盛衰、新旧交代といったものが、以前よりずっと速くなっているのだろう、などとつづけたのである。

実際、そうなのであろう。

しかしそれにしても、閉店するところが多過ぎる気がする。他の店については何もわからないのでこれはこっちの思い込みとすべきながら、私が割に好きになってなじみになりかけた頃に、突然おしまいになってしまう店が、少なくないのだ。

ひょっとすると、と、私はあらぬことを考える。

どういう理由があるのかわからないが、というより、そんなこと理由づけなどできないのだが、私が気に入ってなじみになる店、そうなりつつある店というのは、店を閉じるのではないか？　逆の言い方をすれば、私は店閉じ人というべき人間なのではないか？

そんなこと、あり得るとは思えない。

だけど、もしもそうだとしたら――。

そしてさらに、そのことが知れ渡ったら……。

どの店に入ろうとしても、私は拒否されるであろう。いや、一回や二回は大目に見てもらえても、何度も入ろうとしたら、追い出されるのではあるまいか。あいつが来るようになったら店が潰れる、というわけ。

馬鹿馬鹿しい空想だ。

この空想をもっと発展させると、どの店も私を中に入れないために、張り番を置くのではないか。いや、そんなものを雇ったりするのは面倒だから、私が近づくと何か金品を渡して追い払うかもしれない。となれば私は労せずして得をすることになるのではないか。そのぶん、嫌われるだろうが。

そうなのだ。

あんな奴、早くこの世から消えてくれればいい、とされるに違いない。

それもよかろう。どうせこんな年齢なのだし、と妄想をつづけてきて、われに返り、肩をすくめたのであった。

卯
（う）

呼びりん

今どき、呼びりんなどというと、変な顔をされるのではあるまいか。ああ、あれ、と頷く人がいても、その言い方、懐かしいなあ、と、つづけるであろう。

辞書では、呼び鈴となっているはずだ。ボタンを押すと家の中でジーンと鳴って、奥にいる人に来訪を告げるのである。——と来ると、何だ、昔のドアチャイムか（あるいはドアホン、インターホン？）と肩をすくめられるのがオチだろう。それは、携帯電話が当たり前になった時代に、ずっと前は連絡したい相手の近所の家に電話して、呼びに行ってもらったものだ、と話すほどではないにしても、時代の違いを物語るひとつの例に相違ない。

子供の頃の私は、ときどき、よその呼びりんを押して、逃げたものだ。みんなもやっている悪戯《いたずら》であった。当時、呼びりんのある家なんて、大きな家で、しかもそうした家のすべてが取り付けていたわけではないのである。そしてそれは、かんぬきのかかった正面の大きな門ではなく、横の勝手口のところにあった。家の人は通常、勝手口から出入りしていたのである。いや、こんなことを書くと、お屋敷住まいの経験のある人に「わかっているわい」とにらまれるだろう。

ボタンを押すと、家の奥のほうでジーンと鳴っているのがわかる。家の人がそれを聞いて勝手口に出てくるまで、十数秒はかかるから、その間に遁走《とんそう》するのだ。この家なら何秒位と見込みをつけて鳴らし、家の人ががたがたと出て来て、外を見たときには、ちょうど道の角を曲がる瞬間、というのがスリリングなのである。

そんな悪戯を子供たちがやったというのは、自分たちが住んでいるような小さな家、大抵は長屋から見れば、大きな家というのがどこか神秘的で謎めいて思えたから、何か仕掛けることに快感があったのだという気がする。そして私の心の中には、いつかは呼びりんのあるような大きな家を持ちたい、その漠然とした願いがあったのも事実だ。

そうした大きな家を私は持つことができなかったし、年を取った今後は可能性ゼロであろう。だが、時代が移って現代では、家の大小にかかわりなく、どこもドアチャイムを設置するようになってしまった。ピンポーンと鳴るのみならず、ライトがつき、カメラが来訪者をとらえて記録するのが、当たり前のようになっている。あわてて出て行かなくてもいい。居留守だって可能だ。

思い出すのは、現在のまことにささやかな家に移って、当時はまだ『ピンポーン鳴り』の機能しかなかった頃、ある日、ピンポーンがきこえ、妻がどたどたと出て行く音がした。邸宅ではないから、四、五秒で表のドアをあけられるのである。私も妻について、出ようとした。すると、妻の叫び声がしたのだ。

「やったな！」

「誰？」

と私は、後から問うた。

「もう、いてへん」

というのが、表の通路を見ての妻の返事だったのだ。

妻は、(自身も経験者だったかどうか私は尋ねたことはないが)「呼びりん押し逃げ」を知っていたようである。だから、そんな叫び方をしたのだ。私は私で、自分たちがやられる立場になったこと、そのイメージが昔と随分変わっていること、などが頭をよぎるのを感じつつ、複雑な気分になったのであった。

とはいうものの、それも、三〇年以上前のことである。そういうことは、それきりなかった。妻も亡くなって一〇年余になる。

これからも、あれやこれや、どんどん変わるのだろう。まあどうなろうと私には関係なくなるのだが……。

S

町中や駅の雑踏の中を歩いていると、知り合いではないかと思う人によく出くわす。ときには声をかけてから人違いであるのを悟って詫びたりする。——という経験は、多分、多くの人がしているのであろう。私もそのひとりだ。

しかし最近は、その知人というのが、とうの昔に亡くなっているという例が、増えてきた。こちらが年をとったそのぶん、知った人間が故人になる率は高くなるからであろう。それにしてもそのときの気分は、どうも奇妙である。人違いだったと悟る意識と別のところで、ああの人はもういないのだ、そうだったのだと思い、喪失感が体を通り過ぎる。

そういえば二年か三年前。

会合があっておそくなり、少し急いでもいたので、近道になる大阪キタの飲み屋街を抜けていこうとした。人通りはまだ大分あったが、三〇年程前の、夜半過ぎまでよく飲み歩いた頃の賑わいはない。時代が変わったということであろうか。

と。

向こうから、ゆらゆらという感じで歩いてくる男がある。カジュアルな服装のバンダナを頭に巻いた初老の男。

Ｓだった。

Ｓはいつものように微笑して片手をあげ、近づいて来る。

「やあ」

とＳが言ったように私は感じた。一緒に行こうという声も聞いたような気がした。私は反射的に立ち止まり、相手を迎える構えになったのだ。

だが、男は片手を上げたまま私の横を通過した。Ｓではなかった。Ｓに酷似していたものの、別人である。首をねじって彼のいく方向を見やると、年配の男が三人、立って、待っているのであった。Ｓそっくりのその男は、私の後から来ていた男たちに挨拶を送っていたのだ。

私はさりげなく歩行を再開した。足を動かしながら、頭の中を想念が回転するのを感じていた。

そう。

Ｓなどと共に、夜の巷をしょっちゅう飲み歩いていたのは、三〇年位前のことだ。Ｓほどではないが私もよく飲んだ。それから数年経って私は体を壊し、発病直前とのことで医師から禁酒を申し渡されたのである。さらに何年かしてＳも、アルコールをやめるように医者に言われたのだが、Ｓのほうは私と違って、禁酒などせず、以前と同じ調子で飲みつづけた。結果、Ｓは路上で倒れて入院することになり、少しは回復しかけたと聞いたが、亡くなってしまったのである。

そのＳが……。

Ｓはもういない。

そこで、私はふと思った。今しがた、あれはＳだと思った瞬間、こっちも手を上げて応じていたら、あの男はＳになったのではないか？　Ｓになって、私はそのＳと共に、飲みに行ったのではないか？

ドクターストップをかけられる前の体になって、夜明けまで飲み、次の晩もその次の晩も飲んで……。

そういう日々が還ってくることになったのではないか？

いや。

もういい。

若くなれるとしても、もういいのだ。

私は七〇代の老人である。

老人でよろしい。

とはいうものの、そういう——かつての若い自分になり、元気なSと共に飲み歩いたかもしれないという空想は、何秒間か、私の心に小さな炎を上げたのは、事実であった。

他人の死

こんなことは、あまり書くべきではないのだろうし、書いたら「何だあいつ」という目で見られるおそれもあるが……人間、あの人が亡くなったので助かった、とか、ほっとした、ということが、あるのではないか？　まあこんな考え方を理解しない、あるいは、理解したくないという人も居るようで、かつて私がある小説で、鬱陶しくて仕方がなかった人間が死んだのを、主人公が天に感謝する――というのを書いたところ、原稿を受け取った編集者に意味不明だと言われ、説明に苦労した覚えがある。

こんなことをしるしたのは、実は先日、高校の同窓生に路面電車の中で会い、少し雑談をしたからだ。（ちなみにこの路面電車という言葉、型や機能を改良したために、横文字の単語が出て来ているが、その一方で昔ながらのタイプのものを、チンチン電車から来たチン電という呼び方をする人も増えてきたみたいで、しかし語感からであろうか拒否感を示すものも居て、書くときにいささか迷う。閑話休題であります）その同窓生は運がいいとは言えない男だった。結構努力もし成績も悪くなかったのに、大学入試や就職や結婚などでうまくいかず。八〇歳近い今は、あまり楽ではない生活を送っているらしかった。けれどもそれにしては、不思議に明るかったのだ。話しているうちに私には、だんだんわかってきた。彼ははっきりと言わなかったが、同学年だった誰かれが次々に亡くなってゆくのが、うれしいのだ。同学年のいろんな人々に嫌がらせや意地悪をされ、助けて欲しいときには助けてもらえなかった。その恨みを心の中に保持しつづけていたので……そいつらが、次から次へと亡くなってゆくのが、うれしかったらしいのである。

「俺、長生きするよ。この年まで元気にやってこれたのは、運が良いんだなあ。いくら羽振りを利かせていても、死ねばおしまいだからなあ」

と、彼は言うのであった。

私自身、何かで彼に恨まれているのかもしれない。だがそうなのか否かを彼に問う気はせず……別れて路面電車を降りた後も、彼の明るかった顔が頭の中でちらちらして、複雑な気分だったのである。

「作品リスト」というノート

日記をつけようとしてもつづかない、と言う人が、結構多いようだ。私もそうであった。毎日のための記入欄があるものにせよ、好き勝手に記入するタイプにせよ、頭のほうに少し書いただけで後は空白になるのが常だったのである。（余計なことだが、この文章を書きながら私は、ふだんわかり切ったこととして口にしている当用日記と自由日記の語を辞書で確認しようとした。しかし、当用日記についてはさしあたっての用事を記す日記とあり、自由日記に至ってはその項目すらなかったのだ。私の知識が間違っていたのか、辞書がいけないのか、調べ方が悪かったかの、どれかであろう）元来ずぼらだったし、いい恰好をしようとするせいもあったからだが、何よりも日記をつけなければならぬ必然性がなかったということではあるまいか。

それが、本気で小説を書きだしてから、脱落が多いものの、とにかくつづくようになった。どの作品をいつ書き上げたかを記録しておかなければ、後でいろいろ困るのがわかってきたからである。記録ということになれば、どこに行ったとか誰に会ったとかも書いておく方がいい。決定的だったのは、病気になって以後、医者に報告するために、毎日の食事の内容をしるしておかなければならなくなったことであった。これだけ書き残すとなればもう立派な日記で、書くついでに他の事柄も記入することになる。結果、わが家の押し入れには、一日毎の記述は少ないながらも、何十年かの分が並んでしまった。

いや。

ここまでは前置きなのだ。

実はこうしたダイアリーの山の端に一冊、古いノートがある。布の表紙も、もうぼろぼろで、開くと私の字で「作品リスト・1960〜」とあり、捺印《なついん》までしている。それも、当時の実印なのだ。

ここには、日記をもとにして、書き上げた作品のタイトルと枚数、どこに出したのか、どういう結果になったのか、がしるされている。シノプシス・プレゼンテーション・企画・コピーのたぐいは含めない、とした上で、

＊　その後改作・訂正・利用

○　同人誌に発表
○（赤色）　商業誌に発表
△（赤色）　ＰＲ誌等に発表
☆（赤色）　短編集、ショートショート集、アンソロジーに収録
☆☆（赤色）　長編、単行本

とある。

そうなのだ。

原稿を書いて、売り、生活していこうとする人間にとっての、成績表なのである。だから、採用もされずどこにも発表できなかった作品のタイトルの上は、無印、あるいはなりゆきに腹が立ったための×印、だ。1960〜とあるものの、たしか、こんなノートを作ることにしたのは、もう一年か二年後で、その分、日記を頼りに遡って記帳したはずである。ノートを作った契機は、プロ作家の誰かが、書くものの六〇％以上が売れなければ、作家として食っていけない――と言ったのが、頭に残ったからだ。プロ作家の誰が言ったのか、正確には覚えていない。いい加減なことを書くわけにはいかないから、やめておく。こうした、誰が話したかちゃんと記憶していない事柄は、他にもあって、一か月に完成稿を一〇〇枚以上書かないようでは、プロの物書きとは呼べない、とか、勤めている人間がフルタイムライターになろ

うとすれば、現在の給料の三倍以上をコンスタントに稼がなければ、今の生活水準を維持できない、勤め先というのは、案外たくさん経費を出してくれているもので、それを自分が支払うとなると、どうしてもその位の収入が必要だ、というわけである。この二つ、どちらもよく当たっているように思うけれども、それは個人個人の事情によるのであろう。と、これは脱線である。とにかく……自分が書くもののどの位が採用されどの位が没になっているかを把握しなければ、この先うまくやっていけるかどうかの見極めがつかないだろう、と考えたのだ。そして、どうせなら、採用され掲載されてもお金になったかどうかもわかるように、赤色も使うことにしたのであった。これは私が経済学部の出身であることや、商売感覚にさといといわれる大阪人であることが関係しているのかどうか、自分ではわからない。

さて、このノート。

初めのほうは、没になったのが大半である。採用されたのも、赤色印はごく少ない。さらに言えば、赤色印のつまり原稿料を得たのは、四〇〇字詰め原稿用紙二枚とか五枚とかの、ショートショートばかりなのだ。書く枚数は年を追って増えてゆくものの、二〇枚以上の短編は、なかなか商業誌には載せてもらえなかったのが、歴然としている。このノートをある友人に見せたところ、

「お前、こんなものにこんな結果を書きつけて、書くことがよく嫌にならなかったものだな」

と、笑われた。

　私にしてみれば話は逆で、成績が思わしくなければないほど、闘志が湧いてきたのである。若かったたし、会社での勤務中はあまり見せないようにしていたけれども、というよりそれだからこそ、今に見ろ、ぼくだって――の念が強かったのだ。

　それに、今こうして見ていくと、＊印が結構多いのである。＊は、その後改作・訂正・利用のしるしだが、書き直しての改稿が少なくないのだ。長いものはことにそうなのである。初めの頃にはコピーも今のように簡単にはとれなかったから、原稿を送って没ならそれきりで、全く一から始めるのが普通だし、かりに返してくれても、没原稿など見たくないから、新規にやり直す。それがよかったのかもしれない。これがパソコンでの打ち込みで、前からあるものに挿入とか追加とかの補修めいたことをやっていたら、前のに引きずられて、結果はよくなかったのではあるまいか。

　そんなわけで、とすべきであろうか、原稿を仕上げるたびに記入していたこのノート、しだいに成績が向上して、赤色の○や△の比率が上がり、むしろそれが普通になってくると、何となく記入がおっくうになり、いつの間にかやめてしまった。しかしこのノートのことを知っていた妻は、何のために今まで記入していたのかと言い、私の代わりに書き込みだしたのである。一九七〇年途中で私が投げ出したのを承けて、五年ばかりつづけ……だが、とうとう妻もやめてしまった。

それからさらに年月が経った。妻も亡くなってしまった。

今はこのノートそのものが忘れ物みたいな存在だが、開くと、何とかして、いい原稿を書こう、赤色のつく、評価されるものを書こうと頑張っていたことが、よみがえってくるのである。

辰
（たつ）

ワタナベー

夕方。

家の近くまで帰ってきたとき、横断歩道の向こう側に、一〇人余りのトレーニングウェアの女子中学生がかたまっているのが見えた。そのもっと先には中学校があるのだが、彼女たちはそっちへ向き直って、一斉に叫んだのだ。

「ワタナベー」

後ろから来る仲間を呼んだのであろう。

ああ呼び捨てか、と、私は思った。

その中学校は私の母校である。ちなみに私は一期生だ。以前私は母校を舞台にして何本も小説を書いた。書くときには多少当時の中学時代の気分にもなったのだ。その感覚からすればこ

ういう場面では、

「ワタナベさーん」

としたに違いない。

男なら、ことにみなトレーニングウェアの状況なら、ワタナベくーんではなしに、ワタナベーだっただろう。今は女子中学生でもワタナベーなのだ。

そういえば大分前、娘に、

「今の女の人は、普通の会話で女言葉など使わないよ」

と言われたことがある。

たしかにある年代から下の女性は、明治・大正の小説に出てくるようなのはもとより、私たちがかつて日常的に耳にしていた女言葉は口にしないようだ。そのせいか、一九四〇年代や五〇年代に外国映画につけられたスーパーインポーズの〇〇ですわ、とか、〇〇なのよ、とかには違和感を覚えるようになっている。

白状すると女言葉は小説を書くとき、数人の会話などでの発言者を明確にするには、便利だったのだ。その感じが頭にあるから現代の若い人が書く性別のわからぬ会話が読みづらいのであろう。

――などと想念を追いながら、とぼとぼと帰宅したのであった。

昼前

これといった予定がないのだから、寝られるだけ寝てやろう——というつもりで、夢にしがみついていていたのだ。その眠りも尽き果てた感じで起き上がり、トイレに行った。午前一〇時を回っていて、用を足すと、やはりこれでは本当に起きなければならないな、との気になったのである。

しかしどうも、やる気がしない。テレビをつけると、この間から懸案になっていたわが国に関する問題が、決着したようで、それも望ましい方向に決まったのだが……そのために何だか力が抜けて、一種の終末感となっている。

終末感。

私は、このところの、あれもこれもどうもうまくいかないという気分が、もうどうでもいいじゃないか、どうせそろそろくたばるであろう年齢だし、一切合切放棄したほうがいいのではないか、という思考に変わってくるのを、自覚していた。

それでいいのではないか？

もう今から何をしても、成果らしい成果は上がらないであろう。つまらぬ努力はやめて、なりゆきまかせで、あとは自分が死ぬまで怠けつづけたらいいのではないか？

そのとき私は、明後日が検査日であることを、思い出した。昨年大病で手術を受け、何とか命拾いしたものの、再発に備えての定期検査はつづいているのである。

ひょっとするとこれは、天の配剤ではあるまいか。今度の検査で悪い結果が出て、おしまいらしいとなっても、この終末観、無責任、一切放棄の感覚があれば、平静に受け入れることができるのではあるまいか。とすれば、ありがたいとしたっていいのではないだろうか。

そう考えると、軽い諦めと共に、楽になったのである。


だが、洗濯とか回収に出す新聞くくりとか、日常作業をつづけるうちに、そんなことを考えた自分が馬鹿のように思えてきた。思い返せばこういった、あるいはこれに似た落ち込みは、私には珍しくないのである。そして多分、空腹であることも結構影響しているのに違いなかった。ま、あまり成果は出ないであろうが、これまで通り自分なりに仕事をつづけるしかあるまい。

勤め先と自分

大学祭に行っている夢を見た。以前に講義していた大阪芸術大学の大学祭のようであるが、はっきりしない。奇妙だったのはその夢の中での私の身の上が、まだちゃんとした先生なのか、全くの外来者なのか、ひょいひょいと変わることであった。

考えてみれば私は先生として、横合いから入れてもらったような立場であって、学校を卒業すると同時に工場に赴任したときのようなれっきとした社員などではなかった。だから大学で誰かが半分笑い話で、

「うちの学校では、職員のほうが本当のメンバーだと思っているところがありますよ。だって職員は、基本的にはずっと定年まで勤めるのに対し、教員のほうはもっと流動的な感じがあるでしょう？　学舎ひとつにしても、自分たちの城だという気は、職員のほうが強いんじゃない

ですか？」

と語ったことがある。

しかし、その先生と違って途中からのお雇い先生である私は、こっちはそれ以上によそものだからなあ、と、あまり笑う気になれなかったのだ。

それでも、アベノの歩道橋でさまざまな若者が物を売ったり唄ったりするのを見、異様ないでたちの連中がうろうろしていることに対し、ある先生の、

「あの中にうちの学生、結構多いみたいですよ。そう考えると気が楽になる」

との発言で、何だそうなのか、だったらあまり怖くないとしてもいいのか、と、安心したりしたこともあった。このときは、大学の人間の心理になっていたのであろう。

だが、大学を離れて何年も経つ今は、そうした自分の、大学との距離の揺れがあった頃が懐かしい。思えば私は、自分の勤め先への帰属感とそこからの脱出願望がないまぜになることで、さまざまな作品のアイデアをつかんできたようである。初めの会社、次の広告代理店、そして大学、だ。本当にフリーになった今後どうなるのだろうか。

ヨータイ話　入社試験と赴任

今みたいに就活がどうのこうのとか、正社員と契約社員とか、まことにややこしい時代から見れば、ずっと昔の、私の就職や会社勤めなんて、気楽でまるでコメディーだと言われるであろう。だからうかつに書いたりしたら、お前、何を懐かしがってるんだよ、いい加減にしろとどなられそうで……おとなしくしていたのだ。しかしそれも随分昔になってしまい、そんな時代を知っている人もどんどん減っている現在では、もはや何を喋っても構わないのではないか、という気がしてきた。それも、ビジネスマンとして成功したのならともかく、別の道に進んでしまった人間なのだから、アホ話だと笑われても甘受するつもりなのである。

私たちの場合、入社試験というのは、大学四年の九月が解禁であった。後期が始まって学校に行くと、べたべたと求人票が壁に貼りつけられている。書類をそろえて受けたいところへの願書を出せばいい、というとまことに簡単だが、求人先が学校に言ってきている人数を超えると、学内選考というのがあって、成績順に優先順位がつけられ、その人数で切られてしまう。もちろんまだ全成績が出そろっているわけではないので、それまでに判明しているぶんだけだが、優が1点、良が0点、可がマイナス1点で集計するのだ。求人先によっては、学部での専門科目だけというのもあるし、教養部の成績からの全科目ということもある。教養部の一、二回生のときの私は、ことに語学の勉強をしなかったため、可がずらずらと並んでいた。だから当然、教養部の成績が関係しない求人先に願書を出すことになったのだ。

もっとも言っておくが、これは私のいた学校の、それも文科系—法経の話である。理系の学生は、在校中に先方とつながりができていたり先生の推薦を受けたりで、事情が違っていたようだ。

ともあれ私は、まあ何とかなるだろうとのんきに構えていた。柔道部にいて選手監督をやったりしたものの、成績は悪い（ことに外国語が不得手だった）し、特技があるわけでもないし、格別どういう仕事をしたいという気持ちもないし、強力なコネを持っていたのでもないのに、である。正直、そういうこれはというところのない人間だからこそ、能天気に楽観していた、ということだろうか。言っておくが私には、もしも就職できなくても他に家業を手伝うとかどこかに見習いに入るとかの道があるわけではなかった。卒業すると直ちに自分の給料で生活しなければならない身だったのに、である。

あまり詳しくしるしても仕方がないので、かいつまんで書くと、私は、九月頭の当面一人三社迄という入社試験を、たてつづけに落ちた。商社のM社、化繊のT社、M新聞、である。このことからも明らかなように、私にははっきりした志望分野というのはなかったのだ。昔からものを書くのは好きだったから、あわよくば新聞記者と思って、M新聞も受けたのだが、それならそれなりに勉強すべきだったろう。何の準備もしなかった。今もはっきり覚えているが、試験後帰宅すると父親にどんな問題が出たと訊かれて、答え、笑われたのである。そのひとつが、××校がトーナメントで優勝校を決めるのに何回試合すればいいか、であり、もうひとつが、何人もの写真を並べて、このうち裏焼きになっているものがあれば指摘せよ、であった。初めのは一戦で1校減るのだから全数マイナス1でいいし、もうひとつは服の襟が逆になっているかどうかでわかる、と言われ、あ、と頭を掻いたのだ。今なら幼稚園の入園テストレベルとすべきであろう。

それでも私はまだ何とかなりそうな気がしていた。そして名古屋のあまり大きくない紡績会社を受けて落ち、さすがに慌てだしたのだ。

すでに解禁になって一か月近く経ち、あいつもこいつもという感じで、次々と内定が出ていた。筆記試験を受け面接を受けて内定をもらうまで何日かかかるから、複数の内定を取り付けた者も少なくない。

もう、これはという大企業は残っていなかった。まあ実のところ、自分が会社勤めをするようになってからよく思ったものだが、世のあまりビジネスとかかわりのない人たちの会社の評価というのは全くいい加減なもので、近頃何かで名が出てきた会社は話題になるけれども、生産財メーカーなどの地味なところを知っている者は少なく、人気もない。まして学生などからアンケートをとっての人気企業ランキングなんて、全くあてにならない。なぜ、世間の、ことにマスコミがやたらに書きたてるのか、いい加減なものだ、という気がする。(ま、こうした考え方は、その後の本格的不況や産業構造の変化によって、こっちの考え方も偏っていたかな、と考えるようになったが)

焦りだした私が次に受けた会社は、何もわかっていない学生の感覚では無名に近い存在であった。しかし大阪ではあるものの一応上場企業で、会社四季報などにも出ているし、事務の人に聞くと、あそこは岡山に工場があって結構大きな会社だとのことで、それに教養部時代の成績は出さなくていいし、受験人数に制限もないので学内選考で切られる心配もないし、で、願書を出したのである。

会社名、大阪窯業《ようぎょう》耐火《たいか》煉瓦《れんが》株式会社。

この窯という字をヨウと発音するとは、求人票を見たからわかったが、私には何のことかわからなかった。で、父親にそう話したところ、

「そりゃお前、陶磁器やガラスなんかを作るときに、素材を入れて焼いたり溶かしたりする装置やがな。高温を保つために耐火煉瓦などで造る」

と教えてくれた。父親はそのとき、耐火煉瓦は町でよく見掛ける赤煉瓦ではない、溶鉱炉のような高温のところに使う、とも付け加えた。子供の頃に両親を亡くし、幼い弟妹をかかえて自活し、後に夕刊新聞の記者やダンスホールの支配人をしたりした父親だが、歌人でもあって、若い時分にそういう窯業に関連した仕事もしたことがあったのだろうか。父親の短歌に、

のろのろと汽車ののぼるに記憶あり窯業の町が子の赴《ゆ》くところ（昭和三一年一二月）

というのがある。

そのおかげで、私は助かった。筆記試験の後、残った何人かが面接を受けたとき、私は耐火煉瓦とは何か知っているかと訊かれ、父親から聞いた通り答えたのだが、同じ大学の男は、赤煉瓦のことだと思っていたのでそう言い、きみ、全然違うよ、とたしなめられたらしい。彼は面接で落ちたのだ。もっとも、そんなことだけでなく、別の会社では、社名を間違って発音した学生の話をいくつも聞いたから、そんな間違いは当たり前で、彼はそのせいで落ちたのではは

ないかもしれない。このあたり、今の学生はどうなのであろうか。

ああそういえば、その大阪窯業耐火煉瓦の採用試験の日は、やはり願書を出していた某弱電メーカーの試験日と重なっていた。他に受けに行く連中の名前を見て、こりゃとても自分が残るとは思えないと思ったから、そっちをやめたのである。受けていたら……そして落ちたら……あるいはパスしていたら……今の私の人生がどうなっていたか、わからない。

話が先に進んでしまったが、とにかく私は大阪の中之島の北にあった（これを書いている現在、改装はしたけれどもまだ存在している）堂島ビル、通称堂ビルの八階の大阪窯業耐火煉瓦で、他の人々と一緒に筆記試験を受け、その後別の日に面接を受けに行った。そこで耐火煉瓦について質問されたのは、今述べた通りである。すでにたびたび脱線しているからついでにまた脱線すると、この面接のときに社長が、

「きみ、酒は飲むか？　どの位飲む？」

と問われたので、

「は。五合ぐらい」

と答えたのだ。

もちろん日本酒のことである。その頃の飲酒量の目安は、日本酒で言われるのが普通だった

と思う。ま、全く飲まない人や酒豪にしてみれば何を馬鹿なということになるだろうが、少なくとも学生たちの間では、一升酒というのは大酒飲みとされていた。私はそう飲めるほうではなかったのだから、そう答えるのが無難だったかもしれない。しかし相手はメーカーの、体格もいい社長なのである。酒ぐらい飲めなければ何だこいつということになるおそれがあるし、それにこれまで柔道部の会などで一回で飲んだ最大量がほぼ五合だった。で、自分として飲酒可能の上限の五合と返事したのである。だがどうやら社長は、それは私の上限ではなく、それが常時だと受けとめたらしい。どの位飲むかというのが可能量なのか習慣なのか……日本語はむずかしいのである。

「ほうー」

と、社長は頷いたのであった。好印象を与えたのかその逆だったのか、ま、よかったほうなのではないかと思うが……おかげで、入社した後、きみは酒飲みらしいな、と、何人かに言われたのである。

それからもう一回、会社に来るようにと通知があり、行ってみると、私一人だった。出て来たのは総務課長で、他の人は来ないんですか、との私の問いに、総務課長は、うん、思わしい人がいなかったのでな、と、応じたのである。私が比較的ましだったということらしいものの、何がましだったのか、わからなかった。もっとも総務課長は、きみ、工場勤務はできるだろうな、一応は工場で現場のことを勉強してもらわなければならんから、と言い、私のほうはもし断れば、折角採用されかかっているのにアウトになってしまうに違いないと感じ、はあできますと答えたのである。

だがそれからが、拍子抜けであった。これでいいのだろうかと思ったのは、三月末に直接工場に赴任してもらいたいと申し渡され、岡山県にある日生《ひなせ》工場の所在地とそこへの行き方を教えられて、終わりだったことである。前以《もっ》ての研修などないというのだ。説明してくれた総務課の係長に、本当にそれでいいんですかと問うたが、それでいいというのであった。まだ九月の終わり近くなのに、である。その後会社の新聞というのが郵送されてきたが、タブロイド四ページの新聞で、従業員のための紙面らしく、それで勉強しなければならないことがたくさん載っているわけではなかった。そういえば会社説明書も製品カタログももらえなかったのだ。ま、会社については会社四季報とかそのたぐいの本でもうちょっと調べたが……製品カタログをもらったとしても、耐火煉瓦についてろくに予備知識のなかった私には、ちんぷんかんぷんだったに違いない。

昭和三二年の三月三〇日、私は、大阪駅から列車に乗った。父と、高校の俳句部ほかの先輩・友人が見送りに来てくれた。風が強く少し寒い日だった。列車を牽《ひ》くのは、ＳＬである。

父を含めて、プラットホームに居た人々とどんな会話をしたのか、今では記憶がない。ただ、これから行く先が山陽本線とその支線で三時間半か四時間かかる未知の地であり、大阪の家族や知り合いに連絡を取ろうとしても簡単ではなさそうなことが、これまでの自分の世界と切り離されるようで、しかし奇妙なことに孤独感はなく、むしろ高揚していたようである。

汽車が動きだした。

見送りに来てくれた人たちはすぐに見えなくなり、私は車窓から外を眺めていた。座席指定というような上等の席ではなく、しかしありがたいことに四人掛けのクロスシートには斜め前に一人、中年の地味な男性がいるばかりだ。そんな状況で私が何となく気持ち平安だったのは、新しいスーツを着ていたからかもしれない。緑青色《ろくしょう》のチョッキもあるスーツで、赴任にさいして親が調達してくれたのである。それまで私は、新しい背広というのを着たことがなかった。前年、父親のお古を改造したのを一着持っていただけなのだ。それは、私の腕が父親よりも長いものだから、手首のところを似たような布で継ぎ足したものである。コートをとっている間はいいが、上衣だけになるとそのことがよくわかるので、いかにも恰好が悪い。だが両親、ことに母親は、そのどこが恰好悪いのだ、恥じることはない、と私を叱った。理屈や考え方からすれば、それが正しいと私も思う。しかしそれでちゃんとした背広姿の連中にまじるのは、気が進まなかった。言っておくけれどもこの時代、スーツ一式は、給料何か月分かの値段だったのである。親にしてみれば、子供のためによくやっているということだったのであろう。それが、こうして赴任となって、この背広を着ているのだ。威張るというほどではないにしても、心平安だったのは、当然であろう。

大阪窯業煉瓦株式会社は、私が会社を辞めた後、株式会社ヨータイと社名を変えて、現在に至っている。辞めなかったとしても、とうに定年で追い出されているだろうが。

巳
(み)

溜まるもの

大分前に、私同様連れ合いをなくした人と話し合ったことがある。ふだんの何でもないお喋りの相手がいなくなってしまうと、それまでは抜けていっていたものが心の中に溜まって、何やら重くなるなあ、ということをだ。そして同意し合ったものであるが、その重さなるものが、近頃だんだんと、妙な具合になってきた。

ま、人間、世間の様子を見聞きしていると、あれやこれやが気になるのがふつうだ。自分の国のこれからとか、新技術の登場で世の中どう変わるだろうかとか、もっと直接的に、行政のやり方が生活にどうかかわってくるだろうかとか、など。自分で読んだり調べたりして対処してゆくことになる。

しかし、この「気になること」が、本人にはそんなつもりはないのに、やたら増えるのであった。

あまり行き来のない親戚やちょっとした知人がどうなっているのかとか、昔から知っている店が閉店したとか、あるいは、連続ドラマの登場人物の運命、途中で見るのをやめなければならなかった映画の結末、さらには、地球に起こりつつある異変とか、新しい病気についての情報、などである。

妻が亡くなって一〇年余、娘がほぼ定期的に月に何日か帰って来るばかりという基本的には独り暮らしの身では、あれ、どうなったんだろうな、とか、ひどい時代だなあ、とかのあまり意味のない会話の相手がいない。大体が私は昔から、別に口にしてもしょうがないことをぶつぶつと喋る癖があったのだから、余計に困るのである。

だから夜半に風呂に入ったりして、何だか気がかりだが今考えなければならないのは、何と何だろう、と、一つひとつ思い出し、現実にはこの瞬間心配しなければならない事柄がないとわかると、しあわせな気分になったりする。得をするのはそれくらいのものだ。

一〇年め

妻が亡くなり、その月命日の前後に、東京で生活している娘が帰って来る――という、基本的には独り暮らしになってから、今年で一〇年めである。

別に引っ越したわけでもないので、それまでの家に居る。ま、以前に三〇平米の団地に親子三人で暮らしていた記憶が頭にこびりついているから、広いのはありがたい。というより正直なところ、今より広い住居では困ってしまうだろうと思う。

と、ここまでは私としては、恵まれた状況になったのに相違ないけれども、近頃だんだんと、妙な気分になってきた。

小さい家ながら、門灯は暗くなったらつくようにしてあるし、エアコンも使う。そんなに大きな画面ではないがテレビも見るし、冷蔵庫もあるし、洗濯機も使う。みんな電気を使うわけだが、そうした設備や家具を、私が独りで好きなようにしているのだ。そればかりではない。机や原稿用紙や本やノートやいろんな備品やクスリ類……その全部を、私個人の所有物として好きなように扱っているのである。もうじきくたばるはずの老人が、生きてゆくためにだ。あつかましいのではないか？

そして、この生活を維持してゆくために毎日毎日金がかかっている。一人の人間がこんなことをしていてもいいものか？　生きるために最低限必要な物や金、という線から思うと、何というぜいたく、もっと言えば、何という浪費であろうか？

――との気がして、仕方ないのだ。これが幸せなのだよと言われて、よろこぶべきなのであろう。しかし……なのである。

そういえば、昔、亡妻から聞いた。妻が子供の頃家に来た祖父（田舎ではほとんど自給自足の生活だったらしい）が、朝、水道の栓をひねって水を出すのを見て、「お前んとこは、起きたそのときから金がかかるんだなあ」と言ったのだそうだ。今、しきりにその話が思い出される。

大声

テレビを見ていたら、男女のカップルが次々と出て来て、縁結びをしてくれるという夫婦岩に、叫ぶのであった。

「愛してるよー」

とか、

「幸せになりたーい」

とか、

「死ぬまで離さないぞ！」

とか、である。

お互いに相手の名を叫ぶカップルもあった。

大声がいいらしい。

私など、とてもできない。妻が亡くなってから一〇年以上経っているから、というよりも、妻が存命でも、気恥ずかしくてできないだろう。妻のほうだって……いや案外、女性というのは何をするか知れたものではないから、平気で絶叫するのかも……。

画面を見ていて羨ましかったのは、みんな結構声が大きかったことである。

子供の頃、確か吉川英治《よしかわえいじ》の『三国志』を読んでいて、劉備玄徳《りゅうびげんとく》が大声を出すくだりがあった。ふだんはそんな声は出さないが、必要となれば周囲が驚くような大声が出せる、というような文章があったように記憶している。（私の錯覚かもしれない）

それからまた別の本では、自分の部下に命令や号令を出すには、よく透る大声が有利であり、かつての軍隊では、士官になるためにその訓練をしなければならなかった、というような叙述に出会った覚えがある。（これも私の記憶違いかもしれない）

あれやこれやで私は、人間、大声を出せるほうが何かと有利、と信じるようになった。そうではないか。ひったくりに遭って「泥棒！」と叫ぶにせよ、近所のどこかで火の手が上がるのを見て「火事や！」と叫ぶにせよ、大声のほうがいいに決まっている。

しかしながら、大きな声を出そうといろいろやってみても、私にはできない。ちゃんとした訓練を受ければ能力がつくのかもわからないが、そういう機会はなかった。カラオケで鍛えるという手があるようだが、どう考えても私は音痴であり、そんなところに行く勇気はない。元来が、喉が弱いらしいのである。

といって、スピーカーを使うのも、あまり好きではない。自分の能力以上の能力を機械で作り出すというのが、自分のしわがれたパッとしない声を増幅するとの自意識も働いて耐えられないのだ。

何とか、突然、大声を出せるようにならないだろうか。

なったらどうするつもりかと問われると、どう答えていいのかわからないのであるが……。

宇治電ビル時代

昭和三二年に学校を卒業し、就職先の耐火煉瓦メーカーの岡山の工場に赴任した私は、一年弱で大阪本社に転勤になった。実家からの通勤の日々になったのだ。しかし昭和三四年に結婚して、東淀川の公団住宅に入居し、それも半年位で東住吉区の社宅に移ったのだから、今思えばばたばたという感じである。もっとも当時の私としては、一つ一つを要領よくしのいでいるつもりであった。やはり、若い頃と年を取ってからでは、時間の過ぎ方や身の上の変化についての対処力に差があるということだろう。

本社は堂島ビルにあった。八階の一部を借りていたのだ。本社といっても四〇人ほどしかいないのだが、それでも狭くて、デスクがぎちぎちに詰め合わされている恰好だった。背中合わせになった椅子と椅子の間を、体を横にしなければ通れないのである。ビルには暖房があったものの、冷房はなく、夏はみんなワイシャツ姿で、袖まくりをしている者も少なくなく、ネクタイ外しも可であった。

堂島ビルでの勤務がどの位つづいたのか、はっきりした記憶はない。やがて本社は引っ越すことになった。日記を見ようにも、その時分はまだ日記を書く習慣ができていなかったから、いつ頃のことかわからない。といって今頃、ずっとずっと前に辞めたその会社に問い合わせるのは、先方も迷惑だろう。第一、かつての会社での知人は、とうに定年を過ぎてどこにいるのか調べるのもむずかしいのである。

引っ越しの行く先は、梅田新道の東にある宇治電ビルだった。聞いたところでは、昔、宇治川電気という会社があって、その本社ビルだったらしいが、その宇治川電気が関西電力に吸収合併されるか何かでなくなり、しかしビルの名として残っていた――ということだ。聞いただけで、どこまで事実なのか、私は知らない。

会社にある大方の、大きな重い物や重要な品は業者に運んでもらったけれども、手で運べるような備品は、各人が持って行ったのである。経費節約のためには当然だった。私たちはデスクや（中身の入った）引き出しなどを、何人かずつで一団となって何回か、堂島ビルから宇治電ビルに運んだのだ。二つのビルの間の距離は大したことはなかったが、しかしすぐそこというようなものではなかったので、楽ではなかった。それもビジネス街の中での運搬で、通りかかるビジネスマンたちは、面白そうな、同時に気の毒そうな表情で、私たちを眺めていたのだ。

堂島ビルのときにくらべると、今度は格段に広かった。今回もまた八階ながら、たしか、もう一社との二社で一フロアーを占めていたはずである。各部課は間隔を置いてまとめられ、三方に開いた窓にはすべて薄緑のブラインドがかかっていた。いずれは使われることになるはずながらまだ空いたままのスペースもあり、その一室には（当面）卓球台が置かれていたりした。今度はちゃんと冷房もあった。都会の中のオフィス勤め、という感じになったのだ。白状するが学校卒業前にいくつも就職試験に落っこちて、もうこうなれば冷房なんて贅沢は言わない、暖房だけしかないビルに入っている会社でも充分なのだ――という気持ちになったりしていた私としては、しめしめと言いたい気分だったのである。

もっとも、思い返せばこの時分には私は、小説書きにのめり込みつつあった。いろいろ考えたり調べたりして、自分の会社が飛躍的発展をとげるというようなことはまずあり得ないと観念し、そういう会社相応の世間相場よりは安い給料も改善されることはむずかしそうで……会社全体にそれを打破しようとの空気もなかったのだ。共働きをしている今だから何とかやっていけるが、先になったらどうなるやら心許ない、と思うと、何か自分で活路を求めずにはいられなかった。そしてまた、どうせ一回しかない一生なら、好きな道で勝負をしたい、と思い定めたのである。私が演説したり説得したりしなくても、妻にはもうわかっていたようで、会社の仕事を持ち帰っても明日があるからとさっさと寝てしまう一方で、原稿を遅くまで書いているると、お茶を持ってきたりしてくれるのであった。

――という事情はあったけれども、この宇治電ビルでの数年間のさまざまな体験が、後年私にとっての財産になったのは、事実としなければなるまい。

宇治電ビルは黄色い、あるいは薄茶色の、ありきたりの形ながら少し装飾にも気を遣《つか》っている――という感じの建物であった。その頃はまだ元気だった私の父が語ったところでは、以前はビルの地下がダンスホールになっていて、ちょいちょい踊りに行ったとのことである。しかし私が居たときの地下は食堂になっており、ビルに入っている会社の社員の共通の食堂の観を呈していた。私たちの会社は食券を渡すからそれで食事しろというシステムで……だが食費としての支給額には上限があり、不足分は自分で払わなければならない。私などはどうせ足りなくなるのだからと、先になるとなくなってしまうのを承知で好きなものを食べ、月の半ばを過ぎると食券がなくなって、自分の小遣いで乏しい昼飯を食うのが常だった。私だけではなく、若い社員は大抵そうだったようである。そりゃいろいろ事情はあるのだろうが、会社はもっと食費を出してくれてもいいではないか、とのデモンストレーションだった気味もある。

地下の食堂の裏口から出ると、ささやかな書店や靴修理の店などがあった。そこのおじさんおばさんと知り合いになって喋ったりしていると、自分がビジネス街の構成員の一人になっている感じになれる。それも、堂々とした企業の派手な一員としてではなく、目につかない地味なその他大勢としてである。こうした生活を定年までつづけるのは、案外悪くないのではないか、と考えたりもした。

会社が宇治電ビルにあると言うと、

「ああ、あの回転ドアのビル」

と頷く人が少なくなかった。

回転ドアといっても、古風な、手押し式のドアである。一度に一区画に二人か、せいぜい三人位しか入れなかったのではあるまいか。（これだって記憶違いがあるかもしれない）ともあれ、そうして毎日何回も回転ドアを抜けるのは、押したり引いたり横に動かしたりというワン・アクションのドアと違って、自分が仕切りの中で動くことによって次の空間に出るという――いわば一連の過程があるせいか、新鮮だったのだ。ま、だんだんと慣れていったが……今思えばその感覚は、私の中にあったものと呼応し、私に影響を与えたのではないか、との気がする。私は会社勤めをし、会社勤めと日常生活の間には原稿書きをしていた。どちらが主でどちらが従かは、月日が経つうちに逆転していったけれども、二面性を持っていたのだ。回転ドアに入って出て、また回転ドアを通って、というのと、似ているのである。また、書くものがSF中心になってからは、現実とSFの世界が、私の内側でごっちゃになってゆくところを、回転ドアの感じであっちとこっち、こっちとあっちというように、使い分けをして、両者を適当に分離併存することになった、と言うこともできるであろう。回転ドアのおかげ、と言えるかもしれない。

あるとき、社員の年齢推測とでもいうべきことがはやったことがあった。若いOLたち（この時分にはすでに、ビジネスガール＝BGという呼び方は向こうでは娼婦を意味するからよくないとされて、オフィスレディ＝OLなる呼称が定着しつつあったはずだ）をつかまえて、少し年長の社員たちが、あの人は何歳位と思う？　じゃあっちの彼は？　と尋ねるのだ。ちなみに私は、すでに結婚していたせいもあって、二〇代の半ばなのにかかわらず、その年長の側に属していた。何しろ問われるほうは二〇歳以下のOLだったのである。若い彼女たちはまだ会社の事情も知らず働くおじさんのことも見当がつかなかったから、思いもかけない返答をするので、面白かったのだ。彼女たちにはサラリーマンであるおじさんたちが、ずっと年上に見えるようであった。その極め付けが、経理部の次長である。前方は禿げ上がっているもののなかなか仕事には意欲的で、紳士でもあった経理部次長は、私たちには若く感じられた。実際にはそのとき四〇代半ばだったはずだが、印象だけから言えば四〇の一、二年手前としても不思議はない、と、私は思っていたのだ。

が。

「じゃ、I次長は？」

と、私と同程度の年の男が、二、三人のOLに尋ねると、OLたちは答えた。

「七〇歳！」

「そやね。七〇やね！」

と、OLたちは答えたのだ。

私たちは絶句した。

彼女たちが、会社の定年が何歳かを知らなかったとしても、いくら何でも七〇はないだろう。そんな数字が出てくるとは、われわれは想像もしなかったのである。

七〇、なのだ。

古来稀《こらいまれ》なり、の七〇なのである。

I次長、可哀そうに、と、私たちは、そんな会話など聞こえないであろう遠くの席にすわっているI次長を見て……。それからいっせいにげらげらと笑いだした。いくら何でも、ね！

と、この文章を書きながら、今の私は肩をすくめる。あの頃、遠い遠い先の、はるかかなただった七〇歳を、現在の私はさらに一〇年近く超えているのである。あの頃頭の中にあった七〇歳と、すでに過ぎ去った七〇歳が、いかに異なっているか……どうにも奇妙な気がするのだ。

書くとなれば、宇治電ビル時代のことは、まだまだある。

SFを書きだし、その縁で知り合った筒井康隆《つついやすたか》さんが、勤めていた会社を辞め、偶然にも宇治電ビルのすぐ横のビル内に、NULLというデザインスタジオを持ち、私は口実を設けてよく行った。会社の上司にうまく話をして、会社のマッチのデザインを頼み、注文書その他の正式なやりとりをしたこともある。(あのマッチ、当然ながらもうどこにも残っていないだろうなあ)SFのお喋りをするために、だ。

他にも――。

いや、

書きたいことがいろいろあって、きりがない。このへんでやめておくのがよさそうである。

その宇治電ビル、今はもう取り壊されて跡形もない。あのビルがなくなったことによって、これまでにもよくそうなったように、私の中でじんわりと生き残っていた何かが、また一つ、消えていったのは、たしかである。

午
（うま）

階段の高さ

昔のことですっかり忘れていたのに、何かのはずみで不意に思い出す——というのがある。近頃では年を取ったせいか、以前より多くなった気がするのだ。よろこんでいいのかお年寄りになったのだと観念すべきなのか、自分ではわからない。

そんなひとつ。

大阪駅でのことだった。

プラットホームから階段を降りていると、横を、猛烈な速度で降りてゆく人がある。いや、降りているとは正確な表現ではないであろう。

その人は多分、二段跳びで階段を降りようとしたのに違いない。しかしテンポがうまく合わなかったのか、二段のつもりが三段かそれ以上になり、スピードが出ているので、次には四段か五段になり、さらにはもっと、ということになったのではないか。つまり、とん、とん、とん、の距離が一歩毎に大きくなって、私の横をかすめたのだ。わあと立ちすくんだ私の視野の中、その人は一〇段以上も宙を飛んで、階段の下に到着した。

申しわけないけれども、私の記憶はそこまでなのだ。その人（当時の私よりは少し年上の中年紳士だった）がコンクリートの通路に叩きつけられていたら、私は他の人と駆け寄って、その人を助け起こしていたであろう。だったらもっと覚えていていいのに、そうでないのは、その人が大したダメージを受ける結果にはならなかった、ということではないだろうか。

そして私の心の底には、そのときの、階段の上を男の人が跳んで落ちてゆく光景が焼き付けられたのに相違ない。考えてみると、階段を見てその高低差を意識するようになったのは、それ以後のことのようなのだ。ここのこの階段を取っ払ったら、高さはこれだけで、落ちたら一巻の終わり、などとすぐ思う癖がついたのである。忘れているつもりでも、記憶というのは強力——というわけだろう。

バックにぶら下げて……

バッグにいろんなキャラクター商品などをくっつけて持ち歩く——というのは、いつ頃からはやりだしたのであろう。本当は私が知らなかっただけでずっと昔からよくあったことなのかもしれない。それがしだいに派手になってきたのだと言われれば、そんなものかなと思うだろうし、逆に、バッグに何やかやをつけてよろこぶなんて、そんなこと、若い人間がやっているだけで、はやっているなんて、お前がそう信じているに過ぎないよとさとされたら、そんな気がするのではあるまいか。何せ年を取ってくると、世の中の事柄について一面的な断定をするというのが、むずかしくなる。そんなに簡単なものではないというのを、さんざん思い知らされてきたからだ。

いや、こんなことはどうでもいい。

少し前私は、東京駅の地下の、キャラクターグッズばかり集まっているコーナーで、変なものを見つけた。無愛想だか愛嬌があるのかよくわからないお化けなのである。これはいいとよろこんで買い、バッグに取り付けた。その後も持ち歩いているが、人に言わせるとそれは、かなり有名なキャラクターらしい。有名でなかったらもっとうれしいのだが（このあたり、世の人々とずれているのだろう）でも、ま、まだバッグにくっつけている。

このことから、アイデアを得た。

奇怪で異様で魅力のあるキャラクター商品らしいのを、都会のどこかで拾う。気に入ってバッグにつけていたら、なぜか、命を狙われるはめになった。理由を調べようとしたがわからない。そして――というのはどうだろう。アイデアとしては陳腐のほうに属するだろうが、持っていきかたしだいでは、なかなかいけるのではあるまいか。

私はこれをアイデアメモに書きつけたのだ。

が。

二、三日前、あるコンテストの入選候補作を読んでいると、拾ったものが気に入って持ち帰った主人公が追われるという話が出て来た。しかし命を狙われたというのではなく、取り返そうとしているだけで、それは魔法のために必要な品であったというわけなのである。

何か拾ったせいで、殺されそうになるというのと、それは魔法のための道具である、というのと。

大分違うなあ。

魔法と関連づけるなんて、私は考えもしなかった。

強引な言い方をさせてもらうならば、これは、「ありそうなこと」と「ありそうもない話」の違いなのである。

私は、誰かに言われているような錯覚に陥った。

「お前はもっと、自分の想像の幅を広げるべきなのだ。魔法の世界をはじめ、これまで取り込もうとしなかったものを、もっとどんどん取り込むべきなのだ」と。

しかし、どうもそこまで融通無碍《むげ》にはなれそうもない。

あかんなあ。

拾ったものをバッグにつけて持ち歩いていたために命を狙われる話は、書く気がしなくなった。

けれども、東京駅地下で買ったキャラクターのお化けは、いまだにバッグにくっついて揺れている。

文才の有無（？）

病気になって、入院、手術とのことで、先の予定をすべてキャンセルしなければならなくなった。まことに申しわけないしだいである。

そうしたキャンセルの中でも、カルチャーセンターについては、大変であった。何しろ大学から離れた後の私は、手が空いたとの意識から、あれもこれも引き受け、結局は大学に行っていたときよりも出講回数が多くなってしまっていたのだ。そうした教室のひとつの受講生が三、四人やって来て、

「先生、私は作家になれる才能があると思いますか？　言って下さい」

と、迫ったのである。

正直、そんなこと、私にはわからない。また、かりにその人に文才があると思っても、本人

のやる気や世の中の動きによっては、デビューできるか世にときめけるか、何とも言えない。大体が私のこれまでの経験では、既成作家でさえ、自分は才能に乏しいとか、努力が足りないとか、こぼす人が少なくないのである。いや、そんなことより以上に、私自身どうなのだ、人様の才能をとやかく言えるほどの力量があるのか、時代と大きくずれてきているのではないか、と自問している身なのだ。

でも本人たちにしてみたら、嘘でもいいから有望だと言ってもらいたいのであろう。そういえば私自身、高校生の頃に仲間とある同人誌の会に行き、講話に来てくれていた高名な詩人に、自分たちのガリ版の作品を見せ、後でその詩人が、「あの少年たちはものになりますよ」と言ったと聞いて、よろこんだことがある。高名な詩人とは安西冬衛《あんざいふゆえ》氏なのだ。安西氏にしてみればほんのお愛想だったのだろうし、そんなことすぐに忘れてしまったのかもしれない。しかし私がその後も書くことをやめなかったのは、この一件があるからで、それを思えば、もっと調子のいいことを言うべきだったかも、と、考えたりするのである。

社宅入りと『宇宙塵』からの勧誘

同人誌『宇宙塵《じん》』の編集人、柴野拓美《しばのたくみ》氏からの入会勧誘の手紙を受け取ったのは、大阪市東住吉区平野《ひらの》流町《ながれまち》の会社の社宅に住んでいた昭和三五年（一九六〇年）のことであった。

この社宅や社宅に入居した事情については、いろんな形ですでに何度か書いた。ことに『血イ、お呉れ』という作品では誇張や空想を交えて組み上げたが、あんなオバケが出てきたわけではないから、ここでは本当のところを述べるとする。

そもそもが、その社宅に入ったのは、勤め先（大阪窯業耐火煉瓦＝現・ヨータイ）の上司の上司であった常務の厚意によるものであった。上司の上司とは変な言い方かもしれない。勤めていた会社は一応大阪上場企業ではあったが、社長が工場を本拠にしている技術屋で現場優先主義、事務系統とか会社組織とかは二の次という人だったせいか（実際にそうだったのか否か、私は知らない。入社後一年弱で工場から本社に転勤になってみると、本社の連中の多くがそう言っていたのだ。本社の意向などより工場が重視されることに対しての、やっかみだった気味もある）私は資材係だったのだが、資材係は主任の下に私ともっと年下の女子事務員がいるだけで、その資材係は総務課とは別個に、総務課と並んで常務取締役の支配下に入っている、という仕組みだから、そういうことになるのだ。しかし本社の事務のエキスパートの先輩社員が、うちみたいな中途半端な会社では職務が体系化されていなくても不思議じゃない、と自嘲的に言うので、そんなものかなと思っていたのである。

私は、本社に転勤した後一年ばかりで結婚をし、公団住宅に入居して数か月、というところだった。

「きみ、今の公団住宅は、なんぼ家賃払うてるんや」

と、常務は私に問うた。

私は正直に答えた。妻は銀行勤めだったが、私の月給と両方合わせても、二〇パーセントが家賃ということになる。

「そら大変やなあ」

と、常務は言ってくれた。「どや、今度営業のIくんが社宅を出るから、そこに入らんか？」

Iさんは、私より一〇歳以上年上の、営業の係長である。

「Ｉさん、社宅出るんですか？」

私はとりあえずそう尋ねた。

「そうや。Ｉくんが暮らしてたんやから、きみも暮らせるやろ。家賃、安いぞ」

聞くと、公団住宅の家賃の二〇パーセントにもならないのだ。

「きみんとこ、共稼ぎ（当時はそれが一般的な言い方であった）やろ？　そやけどかまへんぞ。Ｉくんに言うとくから、一遍見に行ったらどうや。奥さんも一緒に」

全く、常務の厚意だったのだろう。

しかし私は内心、二の足を踏んでいた。結婚前に申し込んでいて抽選で当たり、何か月か空家賃を払ってから入居した東淀川区の公団住宅に未練があったのだ。その頃、公団住宅というのは集団住宅での新しい暮らしという風に見られていて恰好よかったし、それも新築なのである。エレベーターのない五階建ての五階だが、若いから平気であった。入居してから台風が来たりしたけれども、鉄筋コンクリートの住まいの中では、停電で灯したろうそくの炎が揺れることもなかったのである。

だが、折角の常務の話を、そっけなく断るのは、考え物であった。上司の上司の機嫌を損ねたら、会社での立場が不利になるのではあるまいか。とにかく、その社宅を一応妻と見に行くことにしたのである。帰って妻に話をすると、妻はむずかしい顔になったが、そうしようと言ったのだ。

当日、会社の帰りに妻と待ち合わせて、平野流町のその社宅に行った。阪堺電車の（現在はもうない）平野線の終点から歩いて七、八分で、四軒長屋か六軒長屋の一軒である。平屋ながら二畳という小さいのを含めて畳の部屋が四つ、それに台所なのである。家賃を考えると、嘘みたいに贅沢であった。

後で、元は岡山県の工場におり、京都府の会社の小さい鉱山の長になっているKさんが話してくれたところでは、初めKさんは一旦大阪本社に転勤になったものの、空いた社宅なんてないから自分で捜せ、と言われ、東住吉区のその家を見つけ今に至ったらしい。Kさんによれば、住んでいたのはお妾さんで、持ち主の旦那と別れるか喧嘩したかで、出て行くので、旦那が売ることにし、三〇万円で商談が成立したのだそうである。正直、大分前のことだとしても安過ぎるのではないか、と私は話を聞いたときに思ったが、その懸念が当たっていたのを、入居してから知ったのだ。ついでに付け加えると、Kさんがそこに引っ越す日になってもお妾さんは出て行かないので、それなら同居しましょうと持ちかけて、やっと退去してもらえた、とのことであった。

妻と二人で、夜、その家を見に行くと、これから転居する予定のIさんは、奥さんと一緒に、いろいろ話をしてくれた。曲がりくねった細い道の奥にあり突き辺りは匂いのきついどぶ川だが、慣れてしまえば何ということもない、とか、壁一枚隔てた隣家の読経の声が毎晩のように聞こえる、とか、このあたりは職人さんたちの家々で、勤めに出ている人はほとんどいない、とか……。どうも気が進まなかったのは、否定できない。しかし、長屋とはいえ、小さな庭もある(雨戸の外の、砂ばかりの、一本だけ木が生えている庭)一軒まるまるを、滅茶苦茶安い家賃で借りられるのである。

帰り道、私は妻と相談した。正直なところ、私と妻(というより、妻のほうが給料は高かったから、妻と私、とするのが正しいであろう)の給料で現在の公団住宅では、当面一杯一杯でやっていけるものの、先がどうなるかの不安があった。子供ができ妻が退職したら間違いなくパンクである。私の給料が一挙に倍増でもすれば話は別だが……まあそんなことはあり得ない。勤めているうちに悟ってきたことだが、自分の会社が業容を急速に拡大して有名になり躍進して、私自身もとんとん拍子に昇進する——というようなことは到底望めないのも、たしかなのだ。二足のわらじを履くことになるか会社を辞めることになるか、は、考えなければならないときになってから考えるとして、別に収入の道を講じなければならぬ。マンガ家になる能力がないのはすでに思い知らされていたし、しつこくつづけていた俳句や詩では、ろくに成果をあげていないせいもあって、収入を得るなんて雲に絵を描こうとするようなものである。といって他に才能もなし……結婚直後あたりから、自己満足、欲求不満のはけ口で手がけるようになっていた小説書きに、本気で取り組みだし、文学関係の雑誌にせっせと投稿していたけれども、まるきり芽が出ない。

――というような現状を思うと、社宅に入るのが安全であった。いや、入居させてもらうべきであった。

で、数か月過ごした住宅公団東淀川住宅を出て、平野流町に引っ越したのである。正直私は、折角得た新しい暮らしを捨て古い長屋に行くのは、また昔の時代に引きずり込まれる気分であった。荷を運んで最後に私が今度の住まいにやって来ると、先着していた妻が暮れかかった細い道に七輪を出して、うちわを鳴らしながら魚を焼いていたのである。

入居してじきに判明したのは、あちこち雨漏りがするということであった。土間の台所を板張りにしてもらったが、ゴキブリが多いのである。ネズミが天井を走り回り、ある朝など妻のお気に入りのジャケットの裏地がかれらにかじられてぼろぼろになっていた。何となく、その家に対するこちらの拒絶感みたいなものに応じて、家全体が仕返しをしている様相だったのだ。朝、二人で一緒に出勤するのだが、表に出ている近所のおかみさんたちが、こちらを観察している感じだし……。

東住吉区の社宅のことを書くとなると、ついあれもこれもと筆が止まらなくなるが、やめておこう。その家には二年住んだ。後になって私は自転車で二度ばかりそのあたりを通ったが、もうその家自体はなくなって新しい家になっていた。会社が売ったのかそうでないのか、私は知らない。

会社を出ると、妻と待ち合わせてどこかで食事し、家で座机に向かうか、妻が残業で遅い日は、何軒か見つけてある喫茶店のどこかに入って原稿用紙を広げるか、で、私は書きつづけた。私の小説は、ろくに予選通過さえしなかった。なぜさっぱり駄目だったのか、今では多少わかる気もする。突っ張り、かつ、物欲しげだったからではあるまいか。

そうした生活のうちに、私は、会社の先輩からハヤカワのSFシリーズのことを教えられ『SFマガジン』なる雑誌が近く出る話も聞いた。子供の頃、海野十三《うんのじゅうざ》や香山滋《かやましげる》、その他の人々の作品に熱中したことがあり、後に手塚《てづか》マンガを読みふけった時代もある私は、母親が今で言うミステリマニアで旧『宝石』などをずっと購読していた関係もあり、たちまち戦後欧米SFのとりこになったのだ。しかしこのあたり、稿を別にしないと、ますます長くなるであろうから、省略する。

が。

ともあれSFは私にとって、娯楽であった。必死でうんうん言いながら書く文学とは別の楽しむものだったのだ。軽く見てもいた。何の募集もしていない『SFマガジン』に、自分も、というつもりで、SFめいた作品を送ったのだ。気楽だったから、肩に力も入っていなかったし、あまり自己顕示の気持ちもなかった。だから反感を買わずに済んだのであろう。思いがけず返事が来た。その手紙の出だしには、なかなか面白いアイデアと思いますが、まだ小説になっていません。ミステリとかＳＦは、ちゃんとプロットが組み上げられていなければならないので、あなたのように途中で思いついたものを入れていくようなことでは駄目なのです、という意味のことがしるされていたのだ。エンタテインメントと思って軽く書いたのが、先方には見え見えだったのではあるまいか。ただ、これからはＳＦも需要が増えてくるでしょうから、折角ご勉強下さいともあったのだ。そうか、そういうことなのだなあ、と、納得したのである。

それから半月か一か月ほど経って、柴野拓美という人から、手紙が来た。突然お便りを差し上げます、で始まるその手紙によれば、柴野氏は、科学創作クラブのメンバーで、同封の空想科学小説専門誌『宇宙塵』の編集人なのだ。天文などに関心のない人は、「ウチュウジン」は「宇宙人」だと（少なくともその頃は）思ったようだが、「人」ではなく「塵」で、星間物質が引力によって集まり星になるという、あの宇宙塵なのである。と、その位のことは私も知っていた。読むとこれが、小説であることよりもまず、いかに自然科学的発想とアイデアが盛り込まれているかを重視した作品群が並んでいたのだ。第一、それまであれこれと文芸雑誌や文芸の同人誌を見ていた（見るのにも疲れつつあった）私には、『宇宙塵』の表紙に誰憚《はばか》ることなく刷られた空想科学小説専門誌という文字が、いかに新鮮だったことか。正直言って私は、文学、文学と呼号し胸を張っている雑誌類に、食傷していたのである。会社勤めをつづけ人文科学以外の分野への見聞も広がるうちに、文学万能みたいな言い方はやめてくれ、という心境になってもいたのだ。

　そういう勧誘が来ることになったのは、後で知ったのだが、ＳＦマガジンへの私の勝手な投稿を読んだＳＦマガジンの副編集長の森優氏が、自分も科学創作クラブのメンバーなので、面白そうな人がいるよ、と、柴野氏に連絡したから、なのだそうである。（当時のＳＦマガジンの編集部員は、編集長の福島正実《ふくしままさみ》氏と、もう一人森優氏がいただけで、だから森氏を副編集長としてもいいと思うが……ただ、投稿に対して初めに手紙を出してくれたのがその森氏だったのか、ＳＦマガジンに先行して刊行されていたペーパーバック・ハヤカワ・ファンタジーを手がけていた都筑道夫《つづきみちお》氏だったのか、私にはわからない。森氏とはその暫く後からずっと付き合うことになったのだから、尋ねればいいのだけれども……いや、尋ねてちゃんと森氏から返事をもらったのに忘れてしまったのか、もはや大分あいまいである。）

　ともあれ、私は、ためらいなく『宇宙塵』に入会した。作品もすぐに送り、ありがたいことに掲載された。一九六〇年一一月発行の第三八号である。「その夜」という短編で、今から見ると随分無理をしているお話なのだ。それが、編集後記に「このところスケールの大きな新人が続々と登場、このぶんだと日本ＳＦ界の前途も明るいという気がします。本号初登場の眉村卓氏もそのホープのひとり。氏の筆力は本号にのせた『その夜』一作でも充分うかがえる。更に今後の活躍を期待したい」と紹介されたのである。そんな書き方をされて私は舞い上がり、次々とＳＦらしきものを書いては送るようになった。こういう紹介のされ方と登場をしなかったら、わたしがこれでもかこれでもかと『宇宙塵』に作品を送っていたかどうか、怪しいのではないかとの気もする。運が良かったとすべきなのであろう。私は会社勤めをしながら、その社宅に捕らえられたかたちで、ＳＦの本を読み耽り、ＳＦを書いた。

いや。

この話は、ひとまずこのあたりで一段落としておこう。自分でもわかっているのだが、言った通りブレーキがきかないのだ。また書く折があるとして、今回はここまで。

未
（ひつじ）

父の作り話

先日、夜遅くタクシーで下寺町《したでらまち》を通っているうちに、父が子供の私たちに語った話を思い出した。

この間の晩なあ、車で寺町《てらまち》を通りかかったら、門が少し開いていて、中から光が出ているお寺があったんや、と、父は喋り始めたのだ。

会社の人々で車に乗っていたので、何だろうと降りて、門の中に入って行った。すると塀のところに穴が掘られていて、そこから光が出ていた、というわけである。

寄って覗き込んでみると、小判とかダイヤモンドとかの宝物が、穴一杯にあった……。「それで？」「その宝物は？」と、私たちは尋ねた。それだけの宝なら、車に乗っていた人々で分配したにしても、相当なお金持ちになれるはずである。

しかし父は、ちょっと間を置いてから、

「――やったら、よかったんやけどなあ」

と言ったのだ。私たちはがっかりした。作り話だったのだ。

父は話がうまかった。何の話をするにしても、私たち子供は引き込まれてしまったものである。そしてときどき、全くの作り話をすることもあったのだ。そうした中でも私がこの宝物の話を覚えているのは、本当にお金持ちになれるかも、との期待が大きかったからであろう。それにしても、じっくりと構えて聞いたらすぐ嘘だと思ったに違いないこんな話を、最後まで聞かせたのは、やっぱり、話術の力だったと思う。

今考えてみれば、これには、父自身の、そんなことでもあれば生活がもっと楽になるだろう、との願いみたいなものがあったから作り出した話、と見ることもできよう。話しながら父は空《むな》しかったのか、それとも、子供たちが本気で聞いているのが楽しかったのか……よくわからないが。

父がはるか昔に亡くなり、自分が小説書きになった現在、私は、作り話も父のように巧みに書けるかと言われると、さあどうかなあと頭を掻くしかないのである。それだけの語りの才があれば、もっと売れていただろうにな、と思う。少年の日、私が、できるものなら小説家になりたいと言ったとき、父は眉をひそめて、「そんなにたやすく小説家になどなれるものか」とたしなめたのを、昨今、ふっと想起したりするのだ。

子供のせりふ

子供の話を書くなんて、つまりは親バカだ——と言われるのを承知で書く。娘の、小さかった頃のことである。

親子三人でプールに行った。私は娘を片腕で抱え水の中に入ったのだ。娘の位置からでは私の頭頂がよく見える。実は私は若い時分から頭のてっぺんの毛が薄く、いつなくなってしまうのだろうかと、恐れていたのだ。

「パパね」

と、娘が言いだした。「パパ、頭ね」とそこで少し途切れたのは、禿げるという言葉も薄いという表現も、まだ知らなかったからであろう。自分のボキャブラリーの中から言葉を探して

いたに違いない。つづいて出て来たのは、

「穴、あいてるねー」

であった。

ついでに述べれば、私の頭頂の髪の毛は、八〇歳前になった現在、まことに頼りなげながら完全になくなったわけではない。そして考えもしなかったことに、全体に白髪になってきている。


小学校一年生になった娘が、家に帰って来ると、「お父さん」「お母さん」と言いだしたので、私と妻は仰天した。ずっと「パパ」「ママ」で来て、その日学校に行くときもそうだったのである。妻が娘から聞いた説明によると、先生が、

「いつまでもパパ、ママではおかしいでしょう?」

という意味のことをみんなに言ったからだそうであった。それですっぱりと切り替えたらしい。


また。

これも小学校の、しかし何年生のときかは覚えていない。

帰宅すると娘は、両腕を曲げたり伸ばしたりしながら、

「わたし、強くなるクスリ飲んだよ」

と言うのであった。

ポパイみたいな感じである。

学校の給食か何かで、体が丈夫になるというクスリを支給され、飲んだらしい。

戦闘力がつくのと、体が丈夫になるのとは違うということを、妻と二人で説明しなければならなかった。

『燃える傾斜』を書いた頃

初めての長編・刊行本『燃える傾斜』についてのことは、これまで断片的にいろいろと書いた。しかし、あちこちに発表したわけだし、文章にしなかった事柄も少なくないので、このさい、当時の日記類なども見ながらしるすとする。もっとも、その時分は、物書きとしては記録を残しておかないと後で困るのがわかってきたため、つづいたことがなかった日記をようやく持続的にしるすようになったばかりで、書いておいたほうがよかったことが随分欠落しているのだ。それに、ここでもまた繰り返すが、年月のせいで私の記憶そのものが不確かになっている（らしい）ことも、付け加えておかなければなるまい。

東都書房というところの編集者が話をしたいと言っている――と『宇宙塵』の柴野さんから

聞いて上京したのは、一九六二年（昭和三七年）だったが、いつのことかは判然としない。ちゃんと会社勤めはしていたのだが、『宇宙塵』に作品を発表するようになり、原稿を採用してくれる商業誌も現れて以来、毎月のように上京していて、そのうちのいつ、東都書房を訪ねたのか、記録がないのである。今も言ったように日記をつける習慣ができかかった頃で、しかも一、二日書くのを忘れたりという調子だったから、仕方がないとすべきであろう。

東京・新大阪間の初めての新幹線が開業したのは、一九六四年（昭和三九年）である。それまでは東京に行くとなると、一〇時間以上かかるのが常識だった。新幹線開通の少し前にたしか六時間半の特急ができたけれども、そのときには筒井康隆さんと一緒に乗ることがあって、早いですねーと驚嘆した覚えがある。だから大阪・東京往復となると、日帰りは無理で、どうしても一泊しなければならない。東京のどこかに泊まるか夜行列車に乗るかである。ホテルでの宿泊というのが高嶺の花の感じだった私は、あちこちに安宿らしきものを見つけては泊まった。後に私は渋谷の旅館を定宿にすることになるが、その件は長くなるので別稿にする。旅館だけではなく、たびたび柴野さんのお宅にも泊めて頂いたものだ。柴野さんのみならず、奥さんや柴野さんの母上にも随分お世話になりご迷惑をかけた。今頃何だと言われるだろうが、ここでまた改めてお詫びとお礼を申し上げておきたい。ついでなのでここで夜行列車のことも述べておくと、よく利用したのは東京を深夜前に発車して大阪に朝早く着く寝台急行銀河号であった。その指定席で朝まで何とか眠るのである。寝台車が高かったので、というのは事実だが、寝台車の切符の入手そのものが困難だったのだ。朝、大阪駅に着くと、北区の当時の梅ヶ枝町の会社に出勤するのであった。ああ、なぜそんな忙しいことをするかと問われるであろうが、その時代の日本は一般には、週六日勤務がふつうで、私の会社も土曜は休日ではなく半ドンだったのである。

さて、東都書房。

東都書房が、新書判の東都ミステリというシリーズで本を次々と出しているのは、私も知っていた。多くの推理作家が名を連ねていて派手だった。推理作家だけではなく、『宇宙塵』の長老と言うべき今日泊《きょうどまり》亜蘭《あらん》さんの『光の塔』という純然たるＳＦも入っていたのだ。聞くところによると『光の塔』に出てくる柴田《しばた》大佐というのは、柴野さんの軍人だった父上がモデルだとのことだが、それ以上の詳しいことは知らない。

その東都書房は、講談社の中にあった。というより、講談社の別部門の、そろそろ現役を引退しようかという人々を集めたセクションがあって、その頃はまだまだ若かった文芸関係の編集者――原田裕《はらだゆたか》氏が送り込まれ、自由に仕事をしていいということで、東都書房として活動を始めた、のだそうである。これは、この原稿を書くにあたって、柴野さんはすでに故人だから、原田さんに電話をして聞いたのだ。叙述が不正確ならお詫びする。私がその東都書房へ、柴野さんに連れられて行ったのか、教えられて行ったのか、よく覚えていない。原田さんも記憶していないという。原田さんによれば、柴野さんにはいろいろとＳＦについての情報をもらい、よく会っていたから、正確には何とも言えない、とのことである。

ともあれ私は、講談社の、何組もの人々が話し合っている大きな部屋で、初めて会った原田さんとあれこれ話をした。結果として私は、『宇宙塵』に発表した少し長めの短編をもとに長編にしたいと言い、原田さんは、書き上げたら送ってくれ、と頷いたのである。

大阪に帰った私は、頑張って書き始めた。日記を見ても結構あっちこっちに書き、没になったりうまく採用されたり、ということがつづいていた頃だ。徹夜もちょいちょいしていたようである。会社では遅刻が増えた。短いものは比較的よく載せてもらったものの、少し長いものになると駄目、という感じだった。とりわけＳＦマガジンが成績不良で、六月に「わがパキーネ」という作品が採用されただけだったはずである。東京行きがあり関西でのＳＦの会もあり、会社の仕事はきびしくなる中、東住吉区の社宅から、阿倍野区の私の実家と妻の実家の中間点位にある住宅公団の団地が抽選で当たり、引っ越しをした。阪南団地といって、団地が建つ前は大学の分校であり、私は入学してから一年間、その分校に通ったのである。ボロながら家賃が嘘のように安い社宅から、割高の（エレベーター付きの）公団住宅に移ったのは、社宅での生活にへたばりかけていたのと、少しずつ原稿が売れはじめ、このぶんでは会社を辞めて物書きでやっていけるかもしれないが、そうなると当然社宅を追い出されるから、その前に住まいを確保しなければならない、との判断があったためだ。できればこのあたりで自分の本が出ればいい、との念があって、頑張らざるを得なかった、と言える。（もう少し言うと社宅の家賃は三桁、公団住宅のほうは共益費コミで一万円の五桁だから、二桁上がったわけで、そんなことを会社の人にうかつに喋らないほうが安全であった）今思えばほとんど夢中でペンを走らせていた感じがある。出来不出来はともかく、勢いにまかせて書いたのだ。これはある程度年を取ってからわかったのだが、それも私の場合そうだったということかもしれないが、若い、書きたいことが頭の中に溢れているときは、出てくる言葉を次々と書いてゆくから、推敲するとしても後からである。一時間あたりに書く枚数は多い。だが、その勢いが衰え、これでいいのかこれが本当かと疑わずにはいられない中年以降は、次の文章が二択も三択もあり、その次の文章も――ということで、枚数を稼ぐなんて困難になる。それだけていねいに書いているとも言えるが、リズムや勢いがなくなるように思う。『燃える傾斜』を書いたときは、つまり、ほとんど暴走に近い突進だったと言うべきかもしれない。一九六二年の日記には、一二月一〇日―万能サービス連立会社三三枚完、とか、一二月一三日―ドリーム保険二八枚完とか、記入している。今では到底考えられないスピードだ。

その間妻は、大きくなったお腹で、出勤していた。今度の公団住宅は道路を距てた向こうにバス乗り場があり、そこから妻の勤める難波《なんば》まで、うまくすわって行けるのだ。もっとも、でなければ出勤なんて無理だったろう。私の勤め先はもっと北で、地下鉄の駅まで徒歩八分（今の年になると一〇分かかる）そこから御堂筋線で淀屋橋に行くのだが、いつもどっちが先に家を出ていたのか、もはや覚えていない。その妻にとうとう陣痛が始まって、少し南の府立病院に入院したのは、一九六三年の一月一四日の朝だった。夜の一〇時に娘を出産したのである。

妻は病院から西田辺の実家に娘共々移り、私は団地での独り暮らしになった。独り暮らしと言っても、会社に行き、妻の実家に回り、ときには違う方向にある私の実家に行って喋ったり泊まったりして……その間、書き下ろしをつづけるのだ。疲れのせいで、だんだん朝起きられなくなってきた。ある晩、調子に乗って書きつづけ、ふと時計を見ると午前四時、ふつうならそのまま徹夜して出社するのだが、このところたびたび徹夜して、とても保ちそうもない。やむを得ず棚からジンの瓶を持ってきて、ソーダで割り、がぶがぶと飲んで寝たのだ。むろん目覚まし時計をセットしてである。ほとんど即時に眠り、起きたときには、まだ家の中は薄暗かった。時計は五時前なのである。よかった、これから準備をして会社に行ける——と用意にかかったものの、外の大通りの様子がどうもおかしい。こんな夜明けにしては車の通行量が多過ぎるのだ。言っておくが、その頃はわが家にはまだテレビはなくラジオだけだったし、電話

（固定電話しかない時代だ）も入っていないのである。ラジオでやっと判明したのは、五時前は五時前でも、午後五時前だという事実であった。私の勤め先は午後五時終業で、残業手当なんて出せないから定時に会社を出ろ、というシステムであった。きょう会社を休むと電話するにしても、外に出てエレベーターで一階に降り、団地入口の電話ボックスからその旨を言わなければならないが、しかし、何の連絡もせずに終業時刻直前にきょう休みますと言ったら……どなりつけられるのがオチであろう。どうしようもない。私は翌日出勤して、平身低頭謝るしかなかった。謝っても無断欠勤なのは間違いない。それまでも遅刻が多かったし、小説を書いていることも薄々知られ始めていたから、これでもう長くは会社に居られないな、辞めるしかないな、と、観念したのである。

しかし、何も今すぐ辞めることはない。今辞めたらとても食ってゆけないのである。本がうまく出るかどうかもわからないのだし……辞めろと言われるまでは鉄面皮で居すわるしかあるまい。そもそもが私は、休日出勤やサービス残業はしないけれども、勤務時間中はごく真面目に、原稿書きのことは頭から消し去って、勤めていたのだ。遅刻したらそのぶん、さらに熱心に働いたつもりである。（まあこんなことを言ったって、言い訳に過ぎないのだが）そのやり方を、つづけられるだけつづけようと思ったのだ。

原稿は、一月二九日に脱稿した。日記には夜明け、終章二四枚、完成、脱稿とあり、！印が六つも並んでいる。

私は原稿を郵送した。

思ったよりも早く、原田さんの返事が来た。面白いので、本にしましょう、とあり、だが、もうちょっと手入れをして欲しい旨もしるされていた。

でも、採用は採用である。

その手紙を手に私は、まだ赤ん坊と一緒に実家で静養している妻のところに行った。今迄述べた事情は妻もよく承知しているので、一刻も早くこのことを知らせたかったのである。赤ん坊と並んで寝ていた妻は手紙を読んでほっとしたように、

「よかったね」

と、静かに言った。私たちの生活の今後について、妻のほうが私よりも心配していたのかもしれない。(妻と娘は二月一七日に家に帰ってきた)

私は原稿の手入れにかかった。二月二四日の欄に、仮題文明考、三八一枚脱、十《プラス》分八一枚、書き直し約四〇枚、計一二一枚、の記入がある。その間の日記には、ほとんど記述がないので、今となってはどういう毎日だったのか、皆目不明である。

この長編のタイトルをどうするか、原田さんと電話で相談したが、いい案が出なかった。結

果、傾いて回転する天の川銀河と、そこでの戦火――という私の頭の中にあったイメージを原田さんも（やむなく？）認め、『燃える傾斜』になった。

この本は、東都ミステリとしてではなく、東都ＳＦということで刊行された。原田さんとしては、東都ＳＦのシリーズを出すつもりで、次の作品も広瀬《ひろせ》正《ただし》さんの『マイナス・ゼロ』と決まっていたのだが、講談社の人事異動で原田さんは教科書部門の局長になり、後任者はＳＦには不案内だった由で、東都ＳＦは『燃える傾斜』一冊で終わってしまった。

本が出た後、清野《きよの》平太郎《へいたろう》さんという『宇宙塵』のメンバーが、とてもよかった面白かったとの手紙を呉れた。その人が後に半村良《はんむらりょう》というペンネームで書くことになろうとは、夢にも思わなかった。今となれば、あれはどこまで半村氏の本心だったのか、からかわれたのではないか、との気もする。

小説としての難点・問題点を厳しく指摘して下さったのは、矢野徹《やのてつ》さんである。そのときはぴんとこなかったのを白状するが、小説の作り手・読み手としての実力の差を教えてもらったと言うべきであろう。正直、『燃える傾斜』に対する評判は、○と×が一対三か一対四位で、それも、大マスコミ媒体に紹介はされなかった。今、比較的若い人が面白いと言ってくれることがときどきあるが、これはＳＦ的設定や発想がもはや珍しくなくなったから、つくりは荒いが抵抗は感じない、という程度のことであろう。そういえばＳＦマガジン編集長の福島正実氏が、出版社のＰＲ雑誌か何かで、最近のＳＦについての話になり、眉村卓はと聞かれて、「彼はまだまだ、うんとまだまだですよ」と答えているのを読んだりした。ＳＦで苦闘しているＳＦマガジンのコンテストで佳作になっていながら、初めての本を早川書房以外から出すとは何事か――ということだろうと私は思ったのだ。実際、福島編集長の勢威（？）というのは怖い位で、これは随分後になってから、柴野拓美さんが言ってくれたことだが、『燃える傾斜』が本になったとき、私は原田さんに連れられて、星新一《ほししんいち》さんのお宅にお礼に伺った。星さんは『燃える傾斜』のカバーの袖に推薦文を書いてくれたのである。おっちょこちょいな私はそのときも、先の時代になったらショートショートは星さんで代表される、という今の状況は変わるかもしれませんね、と、つまらぬことを口走り、星さんに、

「そんなことになる位なら、死んだほうがましですよ」

と言われてしまったりしたが……。

ともあれ、私たちが星邸を辞去した後、何かの用で星さんは柴野さんと電話したらしい。その折星さんは、「眉村さんも、うちに来たりする前に、行かねばならない大事なところがあるんじゃないか」と洩らしたのだそうである。私は東都書房から最初の本が出ることを、早川書房や福島氏には何ひとつ言っていなかったのだ。もっとも、そんな言い方をしたについては、星さん一流の屈折というか高みの見物感覚があったのかもしれない。

ま、今思えば『燃える傾斜』には、当時の私の作品の拙さや欠陥が至るところにあるのはたしかだけれども、とにかく、福島氏が提唱し結成された日本ＳＦ作家クラブのメンバーには、私は入れてもらえなかった。（後になって入れてもらい、さらに後になると福島さんと飲むことが多くなったが、これはそれからの事情の変化によるとしなければなるまい）

でも東都ＳＦの『燃える傾斜』の表紙は今でも好きだ。これから何もかもがどうなるかわからない中で、何だか、進め進めと励まされていたような感じが、よみがえってくるからである。

申
(さる)

イケメン

ちゃんと広辞苑に出ているよ。ま、あそこは流行語のこと、結構意識しているからなあ。

——と言われて、広辞苑（第六版）を開いた。

イケメン、を引くのである。

いけめん【いけ面】（「いけている」の略「いけ」と顔を表す「面」とをあわせた俗語か。多く片仮名で書く）若い男性の顔のかたちがすぐれていること。また、そのような男性。

と、あった。

白状すると、これが若い男性と限定されているとは、知らなかった。

今頃、何を言っているのだ——と失笑されても仕方がないが、そうか、この言葉、すでに一般化しているのかと思ったのである。

そういえば私と同年の女性が、

「わたしらの時代は、ハンサムと言うのが普通だったわね。でもハンサムとイケメンではどこかニュアンスが違うけど」

と言ったのが記憶にある。（ハンサムは年齢とは必ずしも関係はないらしい）

かつては、男からの女の外見の品定めが横行していた。今でもそれほど変わっていないかもしれない。しかし女からの男の外見の品定めとなると、男のほうは認めようとしなかった感じがある。そんな外見なんて、人間の値打ちとは別だ――という具合で、まことに勝手なものだった。そのしっぺ返しが、女性の地位向上と共に顕在化してきているのであろう。

ところで、もはや若くないからイケメンはむろんのこと、ハンサムにも美男子にも縁のないこちらとしては、女たちの言うイケメンを、せめてこっちにもわかるように分類したいのである。そう。

◎戦闘系イケメンと、◎サロン系イケメン、というのは、いかがであろうか。

これならなんとなく納得できるように思うのだが……女性たちには、何のことやらわからん、と言われるかもしれない。

――と書いたところ、校正者からそういう言い方は（私が想定したのと内容は違うが）もうある、と指摘されたので、追記しておく。時代遅れになると、こういう具合である。へたなことを書いたのがいかんのだ。

姫路の駅そば

状況としてはかなり悪かった、とすべきであろう。

私はＪＲの新快速の車内で揺られていた。播州赤穂行きの新快速なのだ。どこから来たのかはわからない。大阪駅から乗ったのである。例によって（と自嘲的に言うことにしよう）原稿を書かなければならないのにいいアイデアがつかめず、電車に乗ったり彷徨《ほうこう》したりすれば何か浮かんでくるだろう、と、家を出て、そういうことになっているのであった。どこで降りるか決めていないから、切符も適当に買ってある。降車した駅で不足料金を支払えばいいのだ。胃が痛かったので朝食を抜き、痛みが治まってくると、空腹になった。体に力が入らないし、やる気も出てこないのである。乗ったときにはそこそこ混んでいたけれども、しだいに空いてきて、こうして窓際の席に座っているが……ぼんやりと外を眺めていたのであった。

しかし、いずれは降りなければならない。

このまま播州赤穂までいって、あちこち彷徨すれば、結構おそい時間になる。へたをすると家に帰り着いた頃には夜になっているだろう。独り暮らしの身なのだからどうでもいいではないかと言われそうだが、それではやはり、あれこれと都合が悪いのであった。

姫路で降りよう、と、私は思いついた。

腹も減っていることだし、姫路駅で駅そばを食おう。

これまでに何度も書いたことだが、私は学校を出るとすぐ、就職した会社の、当時の第一工場に赴任した。岡山県東南部の古い漁港としても知られた日生《ひなせ》へである。今ではずいぶん有名になっているものの、当時は大阪では地名の発音も知らない人が多く、どこか忘れられた感じさえ漂う町であった。町育ちの私にとっては全く新鮮で、多くの事柄を学んだけれども、一方、都会恋しさの念が高じたのもたしかである。

だがここでは、日生が主題ではないのでこれ以上はしるさない。

ともかくそんなしだいで、私は、月に一度か二度、大阪の実家に帰るようになった。工場の休日の前夜に帰阪し、実家での一泊を挟んで、大阪の盛り場をうろうろし友人と喋りあって、夜、日生の独身寮に戻るのである。そんな私を快く思わない人もいたに相違ないが、私にはそれが精神的活力の注入のような気がしていたのであった。

その大阪帰りは、工場退勤の時刻から始まる。少しでも早く大阪につきたいので、日生から播州赤穂、相生から姫路、姫路で急行列車に乗り換えるのだ。この乗り換えの時間が、今ではっきりした記憶はないが、一〇分間か、もうちょっと、というくらいしかなく、しかしこっちは工場での昼食後何も食べていないものだから空腹で、プラットホームの駅そばをがつがつと掻っ込んだのである。学生時代に早食いに慣れていたから、何でもない作業であった。ついでに言うと、この姫路—大阪間、結構混んでいたのに、ちゃんと検札が来た。そのころの私とすれば痛い急行料金である。何回かに一回は検札が来ないうちに大阪に到着し、よかったよかった得をしたと思ったのであった。（今これを書いていても、もう徴収されることはあるまい）

そうなのだ。

当時の私は、焦っていた。それなりに勉強もし仕事もしているとはいえ、どこか牧歌的なところもある工場での毎日に安住してしまえば駄目になるのではないのか、もっとあれもこれも自分の中に取り込まなければならないのではないか——と、おのれを駆り立てていたのだ。いや、あまり恰好をつけないほうがいいかもしれない。単に、田舎に埋没したくなかった（今思えば、それはそれなりに未来が開けたかもわからないのに）だけの話ではあるまいか。自分を過大評価していたのだと言われれば、それまでである。

その姫路の駅そばというのが、ふつうのそばではなかった。だしはうどんやそばのだしなのに、麵はラーメンの麵なのである。ラーメンの麵が姫路の特産なので、そういうものを工夫して駅で売るようにした、ということを聞いたが、実は私が通っていた（大阪の）高校の食堂で、同様のラーメンそば（？）を出しており、私はそれに慣れていたのだ。そして乗り換えのときに姫路で食う駅そばは、いつも腹ぺこだったせいか、うまかった。以後、姫路駅を通りかかるときは、いったん降りてでも、駅そばを食うようになったのである。ときには、食いたくてたまらなくなり、時間があればわざわざ姫路に行って、駅そばを食べたのであった。

その駅そばに、大分長い間ご無沙汰している。実は前年病気になって何とか助かり、退院後暫くしてから、姫路に行く用ができたのだが……痩せて小食になった私には、そば一人前を平らげるのは到底不可能なので、横目に見ながら売店を通り過ぎたのである。

だが、いまの体の具合なら、食べ切ることができるのではないか？

新快速は姫路駅につき、私はホームに降り立った。

売店（というより販売コーナーと呼ぶべきかもしれない）に入った。

天ぷらそばである。

黄色い麺に、ばりばりの天ぷら。

私は店の隅のカウンターに行き、唐辛子をばさばさと振って、食べ始めた。

食べながら……私は、かつての、夜、大阪へ帰る途中の乗り換えでがつがつと掻っ込んだあの頃の気持ちが、よみがえってくるのを覚えたのだ。

焦っていたなあ。

頑張って、そして、何かが変わるのを待ち受けていたなあ。

私自身、若かった。

今よりはずっと元気だった。

あれから、そう、五〇年以上になるのだ。

あれもこれも、変わった。

変わって当たり前なのだが……

その間も私は、せわしなく割り箸を動かし、麺を噛み、だしをすすった。昔のようにがつがつとではないが、やはり、うまいのであった。

ゆっくりと売店を出る。

また来るぞ、まだ暫くはくたばらずにいられそうだから、必ずまた食べにくるぞ、と思いながら……。

アイデアはまだつかめていなかったけれども、何となく、それはどうでもいいような気がするのであった。

昔、大阪入り

これは、この前書いた「姫路の駅そば」の続編みたいなものである。というより、裏返しとするのが妥当かもしれない。

ずっと前、正確にいうと昭和三二年（一九五七年）に、私は就職先の大阪窯業耐火煉瓦株式会社の主力工場だった岡山県和気郡の日生《ひなせ》工場に赴任した。都会恋しさゆえとすればわかり易いが、当時の私の気持ちでは、都会の人間の渦の中に生起している新しさや機会というべきものと切り離されたくなかったのだ。ま、この弁明だって、ええ恰好するなと言われそうだが、ともあれ、一か月に一回は休日にひっかけて大阪の自宅に帰り、泊まったのである。

この大阪帰り、列車が大阪入りするのは夜になってからだった。淀川の鉄橋をごうごうと渡るときには、ビルの灯の群れを眺めて、ああ帰ったのだ、大阪だ、と、うれしくて、実際にはそんなことはしなかったが、手を高く挙げてバンザイ・バンザイと叫びたくなったのである。

お前アホかと笑われても構わない心境だった。大阪が生まれ育った地である、ということや、当時はまだその大阪に対するいろんな土地の人の敵意や悪口にあまり出会っていなかった、ということなども、私をそうさせたのであろう。

——と、いかにも島流しされたみたいな感じだが、白状すると日生に居たのは一年弱なのである。もしも五年、一〇年と住んでいたら、気の持ちようも感覚も全然違っていたのではあるまいか。

その後私は大阪勤務になり、やがて会社を辞め、物書きになって今度はたびたび大阪・東京間を行き来するようになった。他の地へもいろいろ旅行するようになった。こちらの立場も考え方もまるきり変わったからであろうが、もはやかつての、あの大阪入りのときの感情のたかぶりを経験することはない。

が。

ついこの間、私は、どこからだっただろうか。また何のときだっただろうか、午後の電車で大阪に帰ってきて、窓の外に黒々とそびえ立つビル群に、抑えつけられるような威圧と、上からの目線めいた感じ、渦巻くような敵意に相対するような気分を味わったのである。

これは何だ？

私が年を取り、ビル群に象徴される都会の機構から脱落して、久しくなったからか？

大阪市南部にずっと住んでいる私は、キタのそうしたビル群にとって、よそ者だからなのか？

数えてゆけば、他にも理由がいくつもあるに違いない。それらは風景が変わったという以上に、私自身のありようや気持ちが変わってきたせいであろう。何しろ、あの頃から五〇年余になるのだ。

五〇年余。

淀川の鉄橋を渡る列車の轟音と、バンザイ・バンザイとわめきたかったその頃の私自身が、遠く、そして懐かしかったのである。

酉
（とり）

落下恐怖症

そういう状況に遭遇するまで私は、自分が高所恐怖症だと考えたこともなかった。高い場所に行っても平気だったし、大体が、団地の七階に住んでいたのだ。

そういう状況というのは、合作で話を書く材料探しのために、F氏と、編集者のI氏と、三人で紀伊半島に旅行したときのことである。I氏は本物の（？）高所恐怖症で飛行機なんてとんでもないと言う人物だった。かつて私が、「Iさん、もしも飛行機に乗らなければならない出張を命じられたらどうしますか」と尋ねたところ、即座に「会社辞めます」と応じたのだ。

旅行の途中、大きな吊り橋があって、見に行くことになった。I氏は橋の手前から一〇〇メートルほどの地点に来ると、もう進もうとはしない。F氏と私はI氏に手を振って吊り橋に入ったのだ。何でもないはずであった。しかし、一歩一歩と行くうちに、橋の踏み板と、踏み板の間の抜けてずっと下の河面が見えるところが交互になり、目の焦点が合わなくなってきた。しかも両側のロープはだんだん低くなる。低くなって、腰位の高さになった。そこを、具合の悪いことに、向こうからバイクに乗った人がやって来たのだ。その人はこの地の住人らしく、平気で走ってくる。私の足はすくんで、動けなくなった。F氏がお先にと行ってしまってからも暫く、吊り橋の真ん中あたりで、私はしゃがんでいたのだ。それでも何とか引き返し橋を後にしたとき、F氏はにやにやしているだけだったが、I氏のほうはうれしがって、「眉村さん、高所恐怖症なんだ！　そうだったんだ！」と何度も言ったのであった。自分は吊り橋から一〇〇メートルも離れた場所に居て、眺めていたというのにである。

このこと以来私は、自分で高所恐怖症、少なくとも軽度の高所恐怖症なのかもしれない——と考えるようになった。

実際、それからというものは、例えば吹き抜けの三階とか四階の手すりをつかんで下を見ると、この手すりを越えて身を乗り出せば落ちて多分死ぬのだろうなあ、と思うようになった。そして、気をゆるめると自分がふらふらと手すりを越えて行きそうな気分に襲われるのである。また、映画やTVなどで、平らな土地の端がぷっつりと切れてその先が断崖絶壁になり、はるか下に平原が広がっている——という風景を見ると、きっと自分はああいう場所に行ったら走りだして、びゅうと崖から飛び下りるに違いない、衝動的にそうするに相違ない、という気になる。

これでは軽度ながらも、まぎれもない高所恐怖症ではあるまいか。

そのつもりでいるほうが安全、ということにしていたのである。が。

この前大病を患って、助かったものの、すっかり痩せて、頭部が相対的に大きく重くなると(理屈ではそうなるのだ)体のバランスを保つのがむずかしくなった感じで、へたに頭を動かすと、そっちへ倒れていきそうになってきた。ことにいけないのは、階段である。もしも階段の途中で頭を後方に傾けたら、仰向けになって落ちるだろう、との強迫観念が身にしみついたのであった。階段を登りながら仰向けに倒れたら、足のあった位置より低いところで後頭部を打つ。とても助かりそうもない。だから、階段を登るとなると、決してあごを上げず、ぎゅっと引くように努めている。

で……昨今は思うのだが、これは、高所恐怖というよりも、落下恐怖ではないだろうか。そうなのだ、落下恐怖症なのだ。落下の恐怖なんて、羽根が生えているとか飛翔の道具を身につけているとかしない限り、誰でもそうなのであろう。怖くて当たり前だ。笑われる筋合いはない。——と、自分に言い聞かせるのであります。

喫茶店で書いた日々

私などにはついこの間までという感があるのだが、原稿と言えば手書きが普通で、それが活字になるのは世に認められたのを意味した時代には、ものを書きだした当初から執筆のための場を持っていた人というのは、少数派だったのではないかと思う。もっともこれは、自分専用の子供部屋なんて持てなかった私のひがみかもしれない。

だから、ちょっとした趣味としてではなく、かつ、勤めながら勤務時間外にがむしゃらに書くとなると、喫茶店しかなかった。今にして思えば運が良かったのは、その頃には街に喫茶店がたくさんあり、その気になって探せば、ものを書き易い店を見つけるのはむずかしくなかったことである。

出勤するときに、原稿書きの道具一式をバッグに入れ、退勤時に持って出る。共働きをしていて、妻の勤務先は残業のない日なんてほとんどなかった。で、その日ごとに何時に終わりそうかを出がけに聞いておき、ときには電話をかけてもっと遅くなるかどうか確かめたりして、どこかで待ち合わせ食事をするのが普通であった。帰宅してから食事の用意をするような余裕はなかったのだ。休日などには食事を作ってもらったりするものの、近所へ食べに出るほうが多かっただろう。そんなわけで、独りになっている間どこかの喫茶店にもぐり込んで書くのである。

原稿書きの道具一式とは、つまり、原稿用紙と万年筆、必要なときには資料、それに小さな辞書だ。原稿用紙は、割高になるけれどもプロが使うという「耳ナシ障子」である。初めのうちは、どこででも売っている耳つきの二つ折りの原稿用紙で書いていたのだが、ぼちぼち採用されるようになってきたあるとき、SFマガジンの森優氏に「眉村さんの二つ折りの原稿、あれ、読みにくいんだよね」と言われ、専門的な店でそういうのを買うことにしたのだ。それで採用率が上がったようにも思うが、気のせいかもしれない。万年筆は当時はポンプ式が主流で、カートリッジ式は少なかったのではないか。それに私には、カートリッジのインクはすぐになくなるように思えたから、ポンプ式でよかった。ポンプ式の万年筆でたくさん書こうとすれば、当然インク瓶になり、初期の頃は瓶を持ち歩いていたのだ。が、何かでバッグをどこかにぶつけ、瓶が割れて、バッグは染まり道にぼたぼたとインクがしたたる――という経験をしてからは、ポンプにインクを満たした万年筆を複数持ち歩くようになった。万年筆だって使いつづけているとペン先が摩耗するから、ペン先を替えてもらうことになる。これに何日もかかるし、替えてもらった後の書き味が前のようにうまくいかないことが多いし、で、商売道具なのだからと新しい万年筆を買いに行ったりして……いくつもの種類の万年筆を何本も持つことになってしまった。でも上等なのは高価で……なかなか厄介なのである。

喫茶店に話を戻す。

私は、ものを書き易い店、という言い方をした。実際、テーブルが小さ過ぎたりテーブルとテーブルの間がつまっていたりすると、具合が悪いのだ。原稿用紙を広げ、書いた分を横に置くのだから、どうしてもある程度のスペースが要る。テーブルどうしの間隔が狭いと、書いている内容を他の客に読まれることになりかねない。のみならず店が混んでくると（店側の嫌がらせかもしれないが）相席でお願いしますと言われ、向かいの人の面前で「――その宇宙人は宙から降下しつつ赤と青の光を放射した」などと書きつらねたこともあった。

さて。

こうして店をハシゴするのであるが、一軒の店でどの位書けるか、コーヒー一杯でどの位ねばれるか、というのを、そこそこ考えておかなければならない。嫌な顔をされながらねばりにねばったりすると、次はもうその店に行きにくくなるのである。

いろんな店があった。

美人喫茶というのが流行した時期がある。バニーガールの衣装のすらりとしたウェイトレスがいて、料金が高い。しかしその分だけ、飲み物の代わりをしさえすれば、長居が可能であった。もちろんこっちはウェイトレスのことなどどうでもよく、もっぱら書くことに努めたのだ。「お前、折角の美人喫茶に行ってろくにウェイトレスの顔も見てないとは、アホちゃうか」

と言った知人もある。今ならその呼び方だけでも差別であると非難されるのであろう。

アベック喫茶というのもあった。

男女のカップル（ま、男だけ、女だけのカップルでもいいのかもしれないが、まだそういうのはそう大っぴらではなかったようである）が入って並んですわるようになっており、店によって各シートの独立性は違っていた。照明もさまざまで、目をこらさないと中が見えない位暗い店もあれば、二人が並んだその前のカウンターに小さな緑色のランプがひとつ、というところもあった。それまで勤めていた会社を辞めて、しかしそれですぐ食っていけるわけではないから、小学校時代からの友人Ｉが紹介してくれたのを幸い、（勤務以外に原稿料を稼ぐのを認めてもらえたので）広告代理店の嘱託コピーライターになって、社屋の近くのそうした喫茶店に行って書いていたら、広告代理店のカメラマンに、「あんた、あんなところで書き物をしていたら、目を悪くしてしまうぞ」と忠告された。もっともな話ながら、勤め先の近所に物を書けるような適当な店がないのだから仕方がない。やめることはできなかった。後年、老眼になり乱視になって、しかも確実に進行しつづけているのは、このことが祟《たた》ったのだろうか。それともあまり関係がないのか、わからない。

でももちろん、原稿を書くとすれば、わざわざ高いところに行くとか暗い店に行くとかではなく、明るくてテーブルも大きな喫茶店に行くほうがいいのである。しかしそういう店は、初めに勤めていた会社にしろその後の広告代理店にしろ、ビジネス街にあって客の出入りが激しいので、とても長居ができなかったのだ。一方、会社からの帰途とか家（長屋の中の一軒だけの社宅であった）の近辺で、明るくて広くて書き易い店をいくつも見つけ、利用したのも事実である。残念なことにそうした店は、暫くすると営業をやめてしまうのであった。考えてみればそうした店は、営業効率が悪く、客の入りがよくないからいつも空いていたのであって、それが必然的ななりゆきかもしれない。

その頃から随分年月が経って、今の私は自宅の中に書くためのスペースを持っている。好きな時間にいつでも書くことができるのだが……わざわざ外に出て書くというのを、やめられないのだ。かつては街の応接室と呼ばれた昔風の喫茶店は、信じられないほど減ってしまった。以前より住宅事情が良くなったからだろう。しかし近頃は手軽なカフェがあちこちにできて、カウンターで物を書くことが可能なのである。もっとも、長居はなかなかむずかしいが、そうしたところで書いていると（現にこの原稿は、チェーン店のカフェで書いているのだ）ふっと、自分専用の書く場所を持てず喫茶店をハシゴしながら必死で原稿を書いていたあの頃の気分がよみがえって、あの頃にはなかったけれども今はあるものや、あの頃にはあったがもう失われて二度と帰って来ないもの、やらの想念が入りまじり交錯して、気障な言い方をすれば、おのれの人生のはかなさみたいなものを思ってしまうのだ。

書いたカフェ

妻が病気で手術を受け、退院してからは通院加療ということになった。大抵は病院で診療後点滴で、毎回のようについて行っていた私は、初めのうち広い待合室の隅で、やがて病院からそう遠くないカフェで、原稿用紙をひろげ筆を走らせるのが例になった。妻の退院後、毎日一つずつ短い話を書くことにしたからである。なぜそうなったのかについては、一再ならずあちこちに書いたから、今はしるさない。ああ、妻の病院行きは毎日というわけではないから、自宅で書ける日は自宅で書いたのだ。

実はこういうカフェでの原稿書き、以前はそれが普通であった。（そのころはカフェなんて言わず、喫茶店。恰好つけたがる連中はサテンと称していたようである）共働きをやっていて、勤め先を出られるのは私の会社が先だった。子供ができて私がフリーになると、狭い団地住まいでは書くところがなく、長居可能な喫茶店をいくつか決めておいて、はしごをしながら書いたのだ。しかし自宅と自分の仕事部屋を確保してからは、そんなことをしなくても済んでいたのが……その復活みたいなものである。

病院の近くのカフェで書くのは、だから、別段つらいとは思わなかった。自宅で書くときと同様、妻の病気のことが頭の中にあり、かつ、そんなにのんびりとは書いていられないから、自分自身に緊張を課し、その緊張が支えになっていたようで、当たり前のことをしている感じだったのである。

それからまた妻は入院し、手術があり、通院の日々となり、またまた入院――という数年間を経て、亡くなった。亡くなる二、三日前私は、「けさも書く」と題した短話を書いた。あらかたは私自身の話で、病院の近くのカフェで書いた原稿を、病室に持ち帰り、もうめざめることのないであろう妻のベッドのわきでうとうとすると、元気なときの妻の声を聞く――というものである。もちろんその声は、主人公だけが聞いたに過ぎないので、これはフィクション。

妻の死後間もなく、ある新聞記者が、ああした短話、家でないときはどこで書いたのかと問い、私はありのままを答えた。記者はそのカフェに行ってみたらしい。「あんなやかましいところでよう書けるわ」が、その感想であった。やかましいといえばそうだな、と私は思った。書いていたときはちっともそうとは感じなかったのだが。

妻が他界して一〇年余。

白状するとこの原稿、今、そのカフェで書いている。わが家の傍で同時に二か所、工事が始まってうるさく、とても書いていられないので、原稿書きの道具一式を携えて家を出、適当なところを探してうろうろしているうちに、覗いたこの店が変わっていないので（本当はあちこち細部が変わったのかもしれない）懐かしさもあって、入ってしまったのだ。そして、どうせならとこの稿を書きはじめたのである。同時に、書きながら自分はどんな気持ちになるだろう、あの頃を想起して懐かしいとかつらいとか感じるに相違ないし、今では店内のさわがしさにとても耐えきれないのではあるまいか、との想像もして、だ。正直に言うと、そういうことにはならなかった。書いていた当時と同様、書くことだけに心が集中していたせいだ、とか、当時のおのれをどこか別のところから見ていた――との気がするのである。それに、少なくとも書いている間は、店内をやかましいとは感じなかった。

こういうのを、物書きの業というのか、それとも、あれからそれだけの年月が経過したとすべきなのか、両方なのか。その他にもごちゃごちゃ理由があるのか……私にはわからない。

戌
（いぬ）

物語の主人公の気分

私にはよくわからないし、人に尋ねるのも妙な感じなので問うてみたことはないが、人間、自分が物語の主人公みたいだと感じる瞬間があるのだろうか。あるとすれば、たびたびあることなのだろうか。あるいは、滅多に起こらないのであろうか、いや、物語の主人公とまでいかなくとも、自分自身が映画とかドラマの中にいるような錯覚に陥る——というのでもいい。

私がこんなことを言うのは、子供の頃からいろいろ物語を読んでいて、あるいは映画を見たりして、おのれがその中の登場人物になってしまうのに、快感を覚える傾向があったからである。というより、そうなれない作品には没入できなかったからである。だから今時よくある作品のように、こっちが見物人であってくれればそれでよろしい、と言いたげなのに出会うと、ああそうかいとそっぽを向きたくなるのだが……これは脱線。

しかし現実には私自身、そうした物語の主人公のようなドラマチックな立場になることはまずないから、なった場面を想像するしかない。いや待てよ、実際にそんな状況になったら、おのれの様子に思いを致す余裕なんてたぶんないであろう。それに、そういう状況になりたいかと問われれば、やはり、遠慮したいのだ。つまりは、「ちょっとなってみたいだけ」なのである。そういうイメージを弄《もてあそ》んで楽しみたいということに過ぎない。

と、まあ、ここまで書いたのだから白状するけれども、私自身、そうした気分になったことは、ないわけではない。

あれはたしか、かなり前の、東京のホテルにこもって原稿を書いていたときであった。何日もかけて、まだ脱稿できず、疲れ果てて、ルームサービスで持って来てもらったコーヒーのカップと受け皿を手に持ちながら、窓のブラインド越しに外の夕日を眺めていたのだ。ふと視線をめぐらせると、その自分の姿が鏡に映っていた。ブラインドで顔や体に横縞がかかっていて、いかにもうらぶれた人生という感じで、ああ映画の一場面のようだ——と思ったのである。しかしこれは、自己陶酔というものであったのだろう。後年、私は、大学で数人の学生相手に話していて、不意にこのことを思い出し、よせばいいのに回想風に喋ってしまったのだ。するとー人の女子学生が、けらけらと笑いだした。おかしくておかしくて耐えられないというようにである。そんなにおかしいかねと、しかし言葉には出さずにその女子学生を見たが、彼女はなおも暫く笑うのをやめなかったのであった。

ああそういえばもうひとつ。これは今の話よりさらにずっと前の、ようやく物を書くことで生活していけるようになった頃、夏だったか冬だったか、日が暮れた直後のデパートに妻と娘と三人で入り、玩具売り場であれこれと物色していたのだ。なぜかそのあたりには人がいず、玩具もいやに大きなものしか並んでいなかったのだが……私はそこで、世界の終わりに、破壊されたデパートの中に三人で居るような錯覚に襲われたのである。大きな窓の外が濃い青色に染まっていたのがそんな幻覚を呼んだのか……自分でもわからない。とにかくその感覚は、二〇秒か三〇秒つづいたようである。われに返ってから、今のは世界滅亡の話の一場面につかえるな、と、思ったのであった。

――といった例。やはり、話を聞かされた人間には、さっぱりわからないであろう。共感を求めるなんて、植木鉢から火星人が生えてくるのを期待するようなものである。

でも、いいのだ。

もっとたびたび、そうした錯覚の中に落ちてみたい。

そして、物語や映画、ドラマにのめり込むという習性が残っている限り、それはまだちょいちょい経験できるはずである。そう信じたいのである。

半村良さん

おれは下町の人間だからな、と言っていたのは半村良さんである。私も大阪の、決して山の手とは言えないところの町育ちだったから、意見が合うことは少なくなかった。しかしあまりそうしたことは気にせずいい加減な私と違って、半村さんの下町意識は強烈で、かつ、大阪ならぬ（江戸以来の）東京人であったから、私としては、たじたじとなったりへーえと思ったりもしたものである。『岬一郎の抵抗』を読んだときなど、あらためてそのことを思い知らされた感じだった。その意味でも半村さんは、多くのＳＦ作家たちとは異質だったと言えるかもしれない。

これはよく知られた話だが、ＳＦ界での話の中で半村良の名前がひょいと浮上するのは、第二回ＳＦコンテストのときからである。ああこのＳＦコンテストは、後年になってからのものではなく、最初の、東宝・早川共催のあれだ。ＳＦマガジン編集長の福島正実さんが会社を抜け出して近くの喫茶店で仕事（ＳＦマガジンのかアルバイトでなのか、私は知らない）をしていると、そのテーブルに一人の青年が来て、話しかけた。

「あの、ＳＦマガジンの福島さんですか？」

はあ、だったのか、ああ、だったのか、福島さんが肯定すると、青年は尋ねた。

「今度のＳＦコンテスト、入選作、決まりましたか？」

まだ公式発表をする前だから答える必要はないところだが、福島さんは応じた。

「ああ、決まりましたよ」

「入ったの、どういう人ですか？」

「二人です」

福島さんは例によっての、ややぶっきら棒な調子で答えたらしい。「一人はあなたも知っているだろうけど小松左京《こまつさきょう》という人で、もう一人は知らないはずです」

「何という人ですか？」

と、青年はしつこい。

「半村良というんですがね」

そこで青年は自分を指した。

「あ、それ、ぼくです」

――というのが、『収穫』で半村良入選のときのやりとり、なのだそうである。

私はこの話を、福島さんと半村さんの両方から別々に聞いた。二人の話に食い違いはなかったから、本当なのだろう。ま、やりとりは私が潤色しているけれども。

もっとも、これは半村良としての出来事であって、半村さんは本名清野平太郎と言い、SFのファン活動にはその以前から参加していたようである。(私が『燃える傾斜』という初めての本を出したとき、清野平太郎氏は手紙を呉れた。ずっと前のことなので、その手紙が家の中のどこにあるのか、いや、あるのかどうかも、今ではよくわからない)

その「半村良」について、

「俺ね、イーデス・ハンソンのファンだったんだよ、だから、いいですで良、半分の村だから半村、とつけたわけ。この間そのイーデス・ハンソンさんと対談になってしまってさあ、困ったよ」

と、半村さんが私に語ったことがある。そういえば直木賞授賞式のパーティで半村さんは、

「泉鏡花賞のとき、受賞したのは二人で、今回も二人です。いつも半分こで、どうしてペンネームを一村ならぬ半村にしたのか、と思います」

と言って、皆を笑わせたのであった。

半村さんは、多作であった。書く原稿の枚数が多いということである。一度、大阪で一緒に飲みに行ったとき、半村さんが、

「俺、今月サボッてしまってさ、七〇〇枚しか書けなかった」

とぼやいたので、私は驚倒した。（私自身、長い文筆生活で、一か月に三〇〇枚以上書いたのは、二度しかないのだ）そしてそれにつづいて、

「そいでさ、原稿用紙の枡目が小さかったら早くたくさん書けるだろうと思って、小さな小さな原稿用紙を使ってみたりしたが、小さすぎるとやっぱりうまく書けないな」

と、半村さんが言ったので、笑ってしまったことがあった。

飲み屋での会話で覚えていることも多い。

「俺ね、五万分の一の地図を持って来て、決めた線をナイフで切り開いたことにし、その開いたところに山や谷や村を展開するんだ。するとリアリティが出し易い」

とか、

「歴史って好きだけど、昔は大嫌いだった。どうして学校の教師というのは、あんなに面白い歴史を、わざわざ退屈なものにしてしまうのかね」

とか。

東京から北海道へ引っ越すと言うので、なぜかと尋ねたら、

「いや、人間のしがらみというのが、やり切れなくなって来てね、そういうことのないところへ行くんだ」

というのが、彼の返答であった。その後のことはろくに知らないが……どうも、そちらでもまたしがらみが増えた気配もある。行く先々でそうなるのが半村良という人の運命で、彼の作品はそういうものの上に成り立っていたのではあるまいか。

調子に乗って書いていると、きりがないし、ややこしくなりそうな事柄にも行ってしまいそうな気がするから、これでやめる。

福島正実さんのこと

ＳＦマガジン初代編集長の福島さんについては、その個性の強さもあって、いろんな人がいろんなことを語っている。私自身について言えば、初めのうちはまるきり認めてもらえなかったものの、後年は、よく一緒に飲むようになった。一緒に飲むようになったからといって、認めてもらったとするのは無理かもしれない。でもまあ、福島さんと合作で『飢餓列島』という話を書くようにもなったのだから、当初より評価は大分ましになったのではあるまいか。

そんなこともあって、思い出すことはたくさんあるのだが、とりあえず、二つ三つ書いてみるとする。

なかなかＳＦマガジンには採用されなかったのだが、今度こそはと気負って送った作品が、やっぱり没になった。そのときの福島さんの言葉。

「あなたね、××局長とか××部長とか肩書きをつけさえすればそれでいい、というものじゃないんだよ。そういう肩書きがついていてもおかしくないようにその人間が描かれていなければ駄目なんだ」

今にして思えば、まことにもっともなのである。その頃の私は、サラリーマンであり、あんまりパッとしない自己過信のサラリーマンらしく、人間、ある程度の肩書きさえつけばそれなりの仕事ができる、と、錯覚していたのだ。

そういえば、合作をやったとき。

なりゆきからか、当然そうなってしまうのがふつうなのか、福島さんも私も、話の中に自分の持ち主人公とでも呼ぶべきものを登場させた。しかし話が進行すると、こっちが相手の持ち主人公を動かさなければならぬ場面も出て来る。

福島さんの持ち主人公は、少し世をすねたところのある、その癖素直でもある男だった。だが生活面がもうひとつ、私にはわからない。

「彼は何をして食ってるんですか」

私は問うた。

「そうね。翻訳とかをして」

と、福島さん。

「何着ていますかね」

「ブレザーだろう。スウェードか何かの」

「いくら位するブレザーですか？　その程度の仕事・収入で買えるとしたら」

そこで福島さんは苦笑に似た表情を浮かべたのだ。

何とかフリーになった元サラリーマンの私の感覚では、問うのが当然の事柄だったが福島さんには、奇妙な質問だったのではあるまいか。


これは、もっと後年。

早川書房を辞めてフリーになった福島さんとよく飲んだのは、新宿では「まつ」、渋谷では「つる八」というような店である。どちらも文筆関係の客が常連だった。半村良さんや田中《たなか》小実昌《こみまさ》さん、タトル商会の宮田昇《みやたのぼる》（内田庶《うちだちかし》）さんといった面々である。

あれは、いつ頃のことだったろう。福島さんが癌《がん》になって、その後退院してからのはずだ。「まつ」でである。

福島さんはヘビースモーカーだった。（私もそうだったが、ずっと後になって医師に警告されてやめた）その頃、福島さんも私もショートピースを喫っていたと思う。国産の、両切りでは一番きついといわれる（値段も富士についで二番めに高かったのではないか）ショートピースを喫うのは、一種のプライドみたいなところがあった。実際、うまかったのだ。それに、缶入りのショートピースの、缶を切ったときに鳴ったシューという音は、タバコを喫わなくなった今でも懐かしい。

脱線。

そのショートピースの空になった中箱を、酔っ払った私は抜き出して、上方は上に折り、目と鼻を描き、下方は山折りと谷折りにして脚部に見立て、蛙を作る癖があった。これでどこかに置いて下部を指で押して離すと、ぴょんと跳ぶのである。こんなこと、大抵の人が知っていたのではあるまいか。

またかと言いたげな顔で私のその作業を眺めていた福島さんは、自分のショートピースの中箱を出して、何か書きだしたのだ。差し出されたそれを見ると、酔っ払っているのを証明するような文字が並んでいる。

その文字、

俺が死んだらよー。

俺が死んだらよー。

とあった。

同じ言葉を、二行、である。

私はぎくりとした。その頃には、福島さんが癌になっていることを、福島さんの親しい友でもあり親戚でもある宮田昇さんから聞いていたのだ。しかし宮田さんは、福島さんにはこのことを伏せて、医師と相談し、癌によく似た症状の病気だと話している――と言っていた。今みたいに癌でも状況しだいでは助かる時代ではないから、そういうやり方をした家族・知人あるいは医者は、いたのではないだろうか。しかし福島さん自身は、ひょっとすると悟っているのかもしれない、と私も思ったことが、それまでに一、二回あったのだ。

やはり、福島さんは、悟っているのか？

とすると……どういうつもりで、そんな文句を書いたのだろう。

「……」

私が表情を変えないように努めながら、手に取った中箱をみつめていると、一秒か二秒後、福島さんはそれを奪い取って、文字を書き加えた。

なぜ俺が死ぬのかよ――。

という文字をである。

私がどう言ったか、覚えていない。
「まつ」のあまり高くない天井のぎらぎらしたあかりだけが、記憶に残っている。
福島さんのこと、また書くかもしれないが、今回は一応ここまで。

亥
(い)

体重・体力

病気をして、体重が減ってしまった。体力もなくなった。

――と書くと、何を当たり前のことを言っているのだ、と、笑われるに違いない。笑ってくれて結構。

昔なら到底助からなかったであろう病気で入院し、幸運にも退院することができた。とはいえ、手足ひょろひょろで、体に力が入らない。もう少し長く入院していたら歩けなくなっていただろう、と言った人もある。だがこっちは以前の感覚があるから、さほどのこととは思わず、さあどの位体力が落ちたのかな、ためしに腕立て伏せをやってみようと考え、実行した。

近年は年を取ったので、とても昔のようにはいかないにしても、一〇回や二〇回は何でもないだろうと、軽く見たのである。

ところが、できない。

一回もできないのだ。

自分でも信じられなかったが、それが現実であった。

次に愕然《がくぜん》としたのは、ペットボトル潰しである。資源ゴミとして出す前に、踏みつぶして嵩《かさ》を小さくしておく、あの作業だ。ペットボトルは片足を掛けて力を入れればギュウ、あるいはバリバリと音をたてて、小さくなる。硬いのがあっても、両足で乗ってはずみをつければ、ぐしゃりと潰れるのだ。

しかし、駄目であった。病み上がりの体重では無理なのだ。考えたこともなかったが、体重だって戦力であり、私はその戦力を失ったのである。

それから暫くして、風の強い日があった。買い物をしようと出掛けたら、ビルのある曲がり角で体が浮きそうになった。そうなのだ、物体は軽くなると風に飛ばされるのだ、と、思い知ったのだ。

これまでの私は、体重とか体力とかいうものは、自分自身の属性のように感じていた。まあ特別に訓練でもすれば、若いうちならそこそこに、少し年を取ってもそれなりに増強し得るのであり、そんな努力をしなくても元来のおのれなのだから、そのつもりでいればいい――程度にしか受けとめていなかったのである。

しかし、そうではなかった。

変動するのだ。

常に自分のもの、というわけにはいかないのだ。

そしてまた私は、自分が書く話の中に、体重とか体力とかの乏しい人間をいろいろ出してきた。頭で考えて、だったらどうなるという状況を、もっともらしく描いてきたのだ。それを間違っていたとは言わない。文章の上では、それらしく描いたつもりだから、それでいいのである。しかし、実際に自分が体験してみると、どこか違っていたのだ。ま、おのれが体験していない事柄とは、巧く描いてもそうなるのがむしろ当たり前だろうが……何だか後ろめたい気分になったのであった。

先日、道で出会った近所の人に、

「痩せはったけど、元気そうでんがな」

と言われ、

「あきません、強い風のときは、吹き飛ばされそうですわ」

と、正直に答えたところ、

「ははははは。おもろい言い方や！」

と笑われた。ジョークに聞えたのであろう。

病み上がりの首

病み上がりのおのれの体については何度も書いたから、またか、うるさいと言われるだろうが、きょうあらたに、書かずにいられないような経験をしたので、またぞろ、筆を走らせることにする。

病み上がりといえば、二〇年以上も前の、よく飲んでいた頃、東京・渋谷の戸川昌子《とがわまさこ》さんの店に行ったとき。丸谷才一《まるやさいいち》さんがかなり酔った感じで、「戸川昌子、俺のことを病み上がりのゾウと言いおった」とこぼしているので、何とかいい返事をして慰めなければと思い、「でも、病みほおけたゾウでなかっただけ、よろしいではないですか」と口走ってしまったのである。丸谷さんがどんな反応をしたのか、実はよく覚えていない。あまりうれしそうでなかったような気がする。

私がそんな言い方をしたのは、病み上がりという語に、これからどんどん元気になってゆくようなイメージを抱いていたからであった。プラスイメージの単語だったのだ。

しかし年月が経って自分自身が病み上がりというのになってしまうと、とてもそんな能天気なことをいっていられないのを思い知らされて、今頃、丸谷さんには悪かったと反省している。病み上がりで、しかも少しずつ元気になってきて、私は大分いい気分になっていた。痩せたためだぶだぶになったズボンも、ズボン吊りを使えばいけると知って、そういうスタイルになり、夕日の坂を下っていたのだ。

私の前に、私の影があった。

私の動きに合わせて、ひょこんひょこんと伸縮している。けれどもその首の細さはどうだ。シャツやネクタイの具合から、自分の首周りが細くなったのは知っていたつもりだった。が……影を見ると、まるで昆虫かこけしの首だ。よく頭が支えられているなあ、と、私は半分感心し、半分ぞっとしたのだ。こういう首は、刀の一閃で、簡単に飛ぶに違いないのである。きっとそうなのである。

「木更津」のことなど

大阪市内で生まれ育った私（といっても空襲で家が焼け、叔母たちのいた堺市に移って、戦争が終わった後の一二月まで、一〇か月ほど堺市に住んでいたのだが）が、初めて東京というところに行ったのは、大学三年になってからであった。実は高校三年の修学旅行の前にクラスの担任の先生が、「行く先を東京にするか九州にするか、職員会議でいろいろ議論したんやけど、東京はまあ、ことに男やったら、これから先何度も行く機会があるやろ、いうわけで、結局九州に決まったんや」と話し、男ばかりのクラスだったわれわれは、「そやけどそれやったら、女の連中は東京に行きたい言うて怒るんちゃうかなあ」などと喋り合ったのである。これを読んでいる人の中には、どういうことかよくわからないと言う方もいるだろうが、東京に行くにしても九州にしても、ＳＬに牽かれた列車に一〇時間以上乗るのが普通で、しかも泊まりがけの旅なんてそう簡単に出掛けられなかった時代のことと付け加えれば、多少はわかってもらえるのではあるまいか。

大学三年の初上京は、柔道部員としてである。毎年行われる大会の会場がその年は東京大学だったのだ。当然のように夜行列車であった。ただし（何の都合でか知らないが）先発・後発の先発組で……東京の旅館に入った後、私は部のマネージャーから、「お前、あす朝やって来る後発組を、東京駅まで迎えに行って連れて来い」と命令されたのだ。方向もよくわからないのに、である。翌日、一人で宿を出て、覚えておいたバスの乗り場から、東京駅行きに乗った。発車して大分すると車掌さんがやって来て問うた。「どこまで?」「東京駅です」「どこから乗りました?」知らなかったが、乗って次の停留所が赤門前だったのは、ああこれが有名な赤門かというわけで記憶していたから、「あの、赤門前のひとつ前からです」と答えることができた。車掌さんは軽く頷き、「あ、正門前からね」と言ったのである。

朝の東京駅の、長距離列車の発着ホームは通勤電車のホーム群よりも一段高くなっていて、私はホームのベンチにすわり、後発組が乗って来るはずの列車を待った。眼下、通勤電車が次々と入って来たり出て行ったりする。もっと騒々しくってもいいのに、奇妙に静かであった。東京の通勤サラリーマンはこうなのか、と、不思議な感じがしたのである。だがひょっとすると、本当は静かではなかったのに、私がそう錯覚していたのかもしれない。昭和三〇年のことだ。

そうした私がしばしば東京に行くようになったのは、就職した後会社勤めにあきたらず物を書きだし、同人誌の会合や出版社回りに出掛けるようになってからである。夜行列車で行って早朝東京駅内のサウナに入り、一日あれやこれやをしてから夜行列車に乗り、大阪に着くとそのまま出社する――というのが、普通の日程であった。

しかしやがて書くほうが本業となり、会社を辞めてからは、車内泊ではなく旅館に泊まるようになった。ホテルを利用するほどの余裕はないので、安い旅館を探すのである。今なら手頃なビジネスホテルがたくさんあるけれども、当時はそんなものはなく（あるいは知らなかった？）たまにいいところを見つけても、大抵満室だったのだ。それでも、こちらも好奇心旺盛だったから、探すのは楽しかった。ときには、柴野拓美さんとか豊田《とよた》有恒《ありつね》さんなんかの家に泊めて頂いたりしたのである。ここでまたありがとうございましたと言っておきたい。そんな放浪者みたいなことをつづけているうちに、ある朝、たしか豊田さんのおうちを出て渋谷駅への道を歩いていたら、以前に泊まったことのある旅館の前を通りかかり、その表を掃いていたおかみさん（奥さんと言うべきかも）が私を認めて、「ああ、こちらに来ておられたんですか？」と挨拶してくれたのである。仕事の関係位でしか東京に知人が居なかった私は、覚えていてくれたことがうれしかった。で、次の上京時にはそこに泊まり、その次も、というわけで、いつの間にか常宿になったのである。「木更津《きさらづ》」という名の旅館だ。

「木更津」は、木造二階建ての小さな旅館で、小さな看板を道に突き出していた。一階と二階にいくつか三畳の部屋があり、部屋と廊下はふすまで隔てられている。部屋の内側のふすまの下部に小さな掛け金があるだけだった。窓があるのは、表の通路に面した部屋のみ。風呂やトイレは共用で、旅館の家族は一階の奥に住んでいたようだが、どういう住まいだったのか覗いたことがない私にはわからない。多分元来は商人宿だったのであろう。——と、今こうして書いているが、もはや大分過去のことなので、記憶違いがあるかもしれない。しかし記憶違いはこれらだけではなく、以後にもいろいろあるのではないか。念のためにお詫びしておく。

そうした、その頃でもすでに昔風で、正直不便だった旅館に、上京のたびに泊まったのは、別に懐古趣味があったわけではない。自分程度の物書きにはその程度が分相応だとの気持ちと、近辺に喫茶店が多くて便利だったからだ。旅館に泊まっていて喫茶店で書くのは変じゃないか、と言われそうだが、「木更津」は、すでに世に知られた文士が愛用する立派な温泉宿なんかではない。壁（と、ときには窓）に囲まれた小さな畳の部屋の、古めかしい座机でずっと書いていると、だんだん閉じこめられた気分になってくる。外を歩きたくなる。というわけで、近辺の喫茶店をはしごしながらの原稿書きになるまで、大して時間はかからなかった。

さまざまな喫茶店があった。ディスクジョッキーがいてポップミュージックを流しているM、外観からして古典的な名曲喫茶K、店全体が暗くそこかしこに設けられた二人掛けの席が淡いライトに浮かび上がっているH——という具合である。それらを一時間半とか二時間ほどで次の店へ移って書き、また次の店に行き、で、もうきょうはこれでおしまいとなると、これまたあちこちにあるトリスバーやその同類に赴いて、酔って「木更津」に帰り、寝るのだ。これを何日かつづけると、自分が放浪者みたいな感覚になって……悪いものではないのであった。あもちろん、留守にしている自宅とはしょっちゅう電話で連絡をとらねばならず、よく妻から「まだでけへんの？　いつまでかかるん？」と文句を言われたのである。ま、文句を言われても仕方がなかった。原稿を書くというそのこと自体がしんどくなってくると、スマートボールとかアレンジボールをして、気分転換のつもりがえらい時間の浪費になるのも、たびたびだったのだ。スマートボールというのは縦横に四つずつ計一六個穴のある盤面に球を転がして入れるゲームで、アレンジボールは……いや、こんなこと、説明したって無駄みたいなものであろう。

当然ながら、「木更津」の人たちとはなじみになった。おかみさんの夫（ご主人でいいのだろうか）は、戦後シベリアに抑留されていたというが、そのことについての話は聞かせてもらえなかった。話したくなかったのかもしれない。おかみさんといえば、私の父が亡くなった後に泊まったとき、父の話をすると、涙を流しながら聞いてくれたこともある。ときたま、泊まっているのが私一人のときなど、おかみさんが娘さんと一緒に外出しなければならないからと、留守番を頼まれたりした。電話も受けて、報告もしたのだ。

その「木更津」はもうない。

取り壊されて後はビルになり、さらに別の建物になった。

大体が、あたり一帯が、まるきり様変わりしてしまったのだ。

私がよく「木更津」に泊まっていた頃は、木更津の前の登り坂の道は、人の行き来はあるものの何ということもない通りで、その裏（というより、こっちが裏なのかもしれない）のもっと広い通りは、ビルや店が並んでいるが、がらんとした、黄色く塗られた道を空しく日が照らしているという風景だったのだ。「お勤めお食事」などという札を張り出しているあまり流行っているとは思えない食堂もあった。遠い風景なのである。

今は、そんなことは想像もできない。若い人々で一杯の、店がひしめく、老人などがうろうろしていたらどうなるかわからない賑やかな通りになっている。渋谷の宇田川町と言えば、「あはん」と頷く人も多いのではあるまいか。

「木更津」の人は、故郷（？）に帰ってしまった。九州ということだったが、詳しくは知らない。何年か賀状のやりとりはあったものの、その後音信は絶えてしまった。歳月が過ぎ、ご存命なのかどうかもわからない。

自己客観視社会の憂鬱

もっといい言葉があるに違いないのだが、とりあえずここでは、聞いてすぐわかることを重視して、自己客観視社会と呼んでおこう。

初めて自分の声を聞いて、何だこれはと顔をしかめたのは、ずっと昔のことである。それまではおのれの声の録音を耳にすることなどなかった。わが声の録音なんて一般庶民に簡単にできる事柄ではないし、また、手軽に再生音を聞くのもむずかしかったのである。それが、テープレコーダーの普及、ついでカセットテープが一般化するようになって、安直に聞けるようになった。しかし自分の耳に入って来るおのれの声は、信じられないほどボソボソで、ガラガラだったのだ。頭蓋を通しての音をおのれの声と信じていたのに、他人に実際に届いていたのはこんな声だったのかと、愕然としたのであった。愕然としたがどうしようもない。これが現実らしいと観念したのである。別の言い方をすれば、それが客観化されたおのれの声だったのだ。

その意味では、きれいに映る鏡で初めて自分自身の顔を見たもっともっと昔の人も、同様だったに相違ない。水面とか磨いた金属の表面で見るのでは到底わからなかった自分の顔のありさまに、仰天したのではなかっただろうか。ま、それがどういう驚きだったのかは、一概には言えない。私はこんなに美しかったのか、とか、唇を結んで絶句することになったのか……人さまざまであろう。でもそこにあるのが、少なくとも水面や金属表面で見たのよりは、客観的事実だったのである。

声や顔に限らず、本人がそうと信じていたよりも客観的事実に近いという例は、どんどん増えてきた。

そういえば私は、これまたずっと昔に、自分の後ろ姿の写真を見せられて、肩を落とした記憶がある。その写真の私は、まことに淋しそうで孤独であった。自分の姿にそんなところがあるとは、すぐには信じられなかったのである。

自分がそうだとは思わなかった自分。

他人には、それが自分である。客観的に見ての自分だ。

そしてその総体が、他人にとっての、ひいては社会にとっての自分となってゆく。

これは、仕方がないことであろう。

だが、である。

本人が、自分が他人や社会からどう見られているか、その中でどう対処しようかとするならば、客観化された自分というものを、ある程度意識していなければ、あれこれとまずいことになりかねない。ましてうまくやっていこうとすれば、そのことを把握していなければ無理ではあるまいか。

違う角度から見るなら、こうした状況に置かれ、さらにこういうことが進んでいく結果、人は、その中で生きてゆくことに慣れなければなるまい。そして、自分自身でどう思っているのかとはまた別に、自己を客観視する能力を身につけざるを得ないわけである。


そういう、おのれが信じるおのれ、なっているはずのおのれと、客観化されたおのれは、同じではない。だから両立ということになろう。そんな両立が可能なのか？

誰にでも、いつでも可能とは言わない。私にはわからない。

ただ、ここでひとつの考え方を出してみたい。

例えば、多くの人が言っており私もそう考えるのであるが、小説を書く場合、その中身にのめり込んでひたすら筆を走らせるのでは、全体とのつりあい、出したいメッセージが歪められ、どこかに行ってしまうおそれがある。（まあそれが狙いなら話は別だが）全体のかたちを保つには、書いている当の作家とは別のところに居るもうひとりの作者が、冷静に知的に、書いている作者をみつめていなければならない。ちょっと違うかもしれないがこれは、顕微鏡を覗いている集中的注意と、計器盤の群れを見張っている配分的注意に似ていると言えるだろうか。少なくとも私には、この両立がなくては物語は書き切れないのである。

この程度の両立なら、何とかやれるのだ。だったら、おのれにとってのおのれと、客観されるおのれの両立だって、やれるのではあるまいか。

甘すぎる、と言われるのかも。

話がいささか飛ぶ。

かつては、それぞれの家、それぞれの町内、それぞれの地方、さらには国に、ナンバーワンとかツー、序列、個別評価、特色による位置づけ、というものがあった。

そうした単位は、時代とともに合わせられ、大きくなり、そのぶん、数が減ってゆく。

何を引き合いにしてもいいが、そう、ここに将棋が強いことでは町一番という少年がいたとする。一つひとつの町が独立性を保っている時代なら、その少年は隣町の一番と勝負するであろう。それから進んで県一番を争うかもしれない。やがては全国的序列に組み込まれるかもわからないが、町一番であった事実は残る。

しかし現代では、最初から全国レベルでどの位か、すぐにランクされるだろう。そういう単一評価基準の中で客観視されるのである。あっさりと、だ。

人間には、とかく、いわれなき自己過信というものがある。それは客観視されることで潰されたり修正されたりする。努力しておのれを伸ばしても、それも客観視の対象になる。客観視のスケールは、どんどん大きくなり単一に近づいてゆく。

そういう客観化されたおのれが、自分の求めている、あるいは自分がそうだと信じているおのれそのもの、というようなことはまず期待できない。また、客観化されたものよりも本人のほうが上というような場合は、ほとんどないだろう。大方は、本人のほうが及ばないのではないか。

その事実を突きつけられると、自信はがらがらと崩れる。客観視された自分というものを認めようとしない自信家、現実拒否人間ならともかく、がっかりするのがふつうであろう。そして不本意でも、客観視された自分を受け入れなければならない。そして、自己客観視される場面・度合いは、時代が進むにつれて、いよいよ多くなるばかりなのだ。

それはまあ、努力し頑張り幸運も得て、元の自分よりも向上し、客観視される自己をも高める人は、いるかもしれない。でも大変ですよこれは。そんなこと、なかなかできないのだ。

まして、自分にはどうもそんな気力も才気もなく、頑張ってもろくに何もできないし、どんどん年を取って体力も知力も衰えるばかりという例えば私のような人間は、自分を客観視してこんなものかなあと思い、まあ努力はしてみるがどうにもならんだろうな、と諦めるしかないのである。アカンナア、ああアカン、どうせワイはアカンネン、となるのである。

そういう人間は増えていくのだろうし。

自己客観視社会のユーウツ、であります。

あとがき

パラパラとは、パラパラマンガのあのパラパラ——単語カードなどの一枚一枚に少しずつ違う画を描いていけば、自分の手でも作れるあれだ。指でパラパラとやるその一枚一枚の、その集積が全体である。

とすれば、折に触れて書き溜めたものを集めたら、それは自分自身の一生の歳月のかぼそいスケルトンみたいなものであろう。で……本の題名を歳月パラパラにしたというしだい。

実のところ、それぞれの文章、それほど前に書いたものではない。この中には俳句雑誌『渦』と短歌雑誌『あめつち』に連載した（今も連載している）比較的短いエッセイが、項目として二割ほど含まれているけれども、どちらもこの数年間のものだし、その他はこの本のためにと最近書いた文章なのだ。しかし内容は近年に限ったものばかりではなく、思い出話も結構入っている。もっと早く書くべきだったと思う事柄もあれば、大分以前に何かで少し書いた話もないわけではない。――というわけで、書いた時期は現在に近いのだが、話の材料は、随分前から今までということになるので……ま、歳月パラパラで、それでいいのではなかろうか。

そうなると、折角だからということで、歳月の語と調子を合わせ、十二支で章分けをしたくなった。十二支とはまた大時代なと言う人もいるだろうし、これでいいのだと頷いてくれる人もいるだろう。十二なら星占いの星座のほうがいいと主張する人だって、あるかもしれない。とにかく十二支である。十二支のどこに何の話を持って来るかについては、私なりに適当にやったつもりながら、それほど真剣に分類したわけではなく、こんなものかなとの感じなので……ご勘弁頂きたいのである。と、ともあれ、これであとがきであります。

眉村　卓

二〇一四年　四月

装　　幀――北見　隆
本文イラスト――眉村　卓

眉村 卓（まゆむら・たく）

一九三四年、大阪に生まれる。大阪大学経済学部卒。耐火煉瓦会社勤務の傍ら、SF同人誌「宇宙塵」に参加。61年、「SFマガジン」第1回SFコンテストに投じた「下級アイデアマン」が佳作入選し、デビュー。63年、いわゆる日本SF作家第一世代の中で最も早く、処女長編『燃える傾斜』刊行。その後コピーライターを経て、65年より専業作家になる。企業社会と個人の関係をテーマにしたいわゆるインサイダー文学論を唱え、ショートショートやジュニアSFでも健筆をふるい、絶大な人気を博す。71年、未来の管理社会を描いたインサイダーSF〈司政官〉シリーズを開始。79年、その長編第一作『消滅の光輪』で第7回泉鏡花文学賞を受賞した。近刊に、『眉村卓コレクション異世界篇Ⅰ・Ⅱ・Ⅲ』、『たそがれ・あやしげ』、『自殺卵』などがある。

歳月パラパラ

発行日　平成二十六年七月十日　第一刷発行

著　者　眉村　卓
発行者　原田　裕
発行所　株式会社　出版芸術社
東京都文京区音羽一―一七―一四　YKビル
郵便番号一一二―〇〇一三
電　話　〇三―三九四七―六〇七七
FAX　〇三―三九四七―六〇七八
振　替　〇〇一七〇―四―五四六九一七
http://www.spng.jp

印刷所　近代美術株式会社
製本所　若林製本工場

ISBN978-4-88293-462-2　C0093